CRESSIDA COWELL

マジックウッズ戦記 1

THE WIZARDS OF ONCE

闇の魔法 上

クレシッダ・コーウェル 作　相良倫子・陶浪亜希 共訳

“子をかしこくしたければ、
おとぎ話を読みきかせなさい。
さらにかしこくしたければ、
さらにおとぎ話を読みきかせなさい”

アルベルト・アインシュタイン

本書を息子のザニーに捧《ささ》げます

マジックウッズ戦記 1

THE WIZARDS OF ONCE

闇の魔法

上

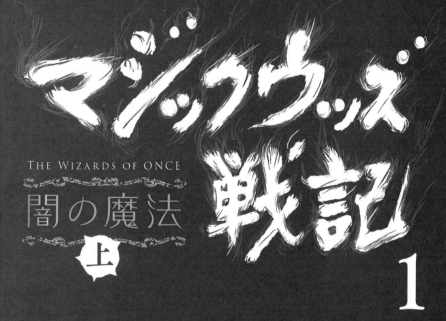

戦士族の少女
ウイッシュ

禁《きん》じられた魔《ま》具《ぐ》を持っている。
それをかくすためなら、
なんだってやる気だ。

魔《ま》法《ほう》族《ぞく》の少年

ザー

まだ魔《ま》法《ほう》は使えない。
使えるようになるためには、
なんだってやる気だ。

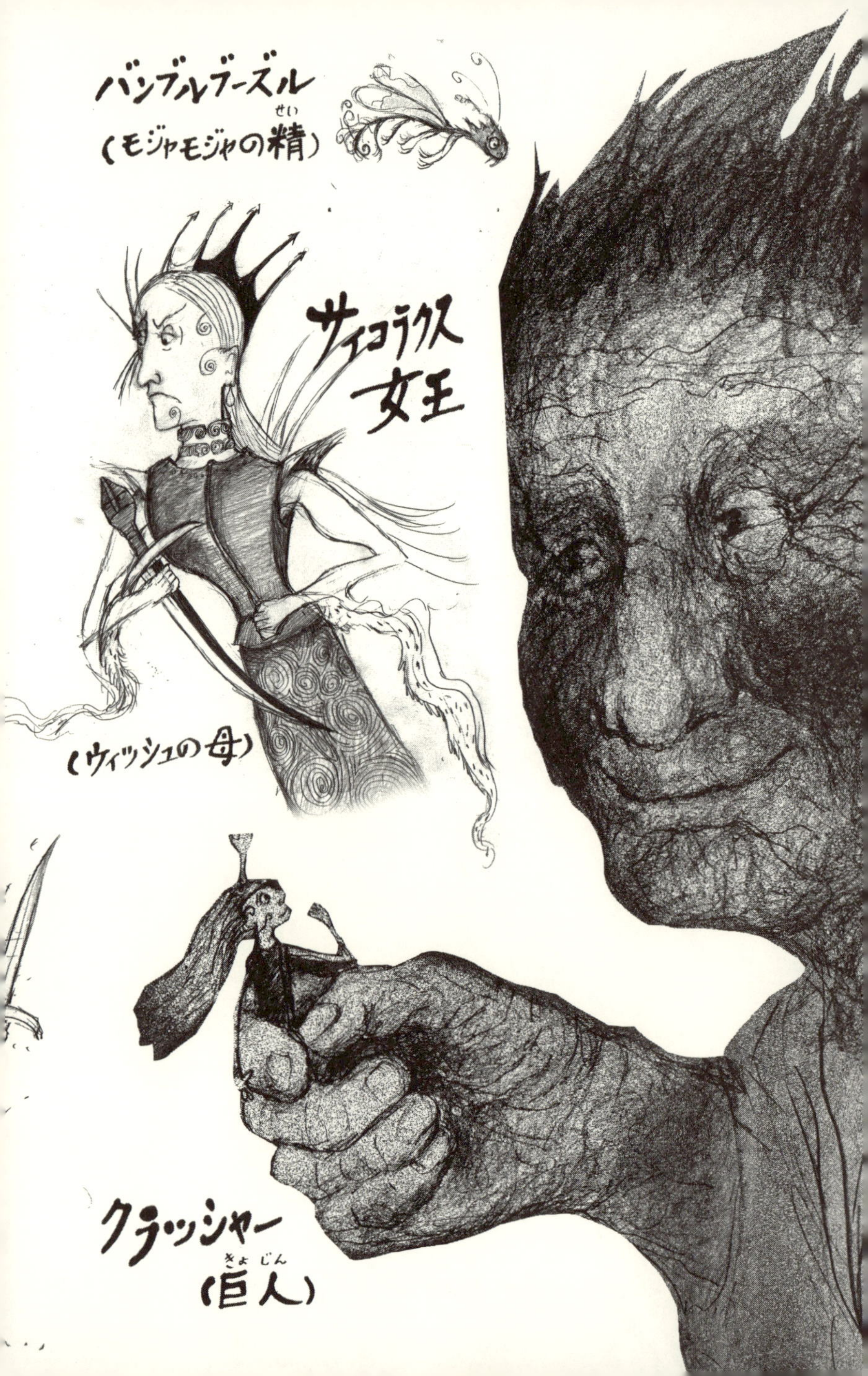
バンブルブーズル
（モジャモジャの精《せい》）
サイコラクス女王
（ウィッシュの母）
クラッシャー
（巨人《きょじん》）

スクイジュース
（モジャモジャの精《せい》）
ティアイン
（妖精《ようせい》）
アリエル
（妖精《ようせい》）
カリバーン
（ザーの教育係）
エンカンゾ王
（ザーの父）
ボドキン
（護衛《ごえい》見習い）
ルーター
（ザーの兄）

戦士族の
占領《せんりょう》地《ち》
ゴーズイ山脈
戦士帝《てい》国《こく》の首都はこっち
戦士帝《てい》国《こく》
ラクショウ道
戦士族の鉄《てつ》要《よう》塞《さい》
ゴーストウオール
サイコラクス
女王の
統《とう》治《ち》下《か》
ウイッシュが通った道
ジックウッズ
ダーク
ウッズ
ザーが通った道
ぶきみな空き地
魔法《ほう》族《ぞく》の基《き》地《ち》
エンカンゾ王の
統《とう》治《ち》下《か》
ドコボコ川

巨《きょ》人《じん》の海路
漁路
巨人の足あと諸《しょ》島《とう》
N
E
S
W
永《えい》遠《えん》の嵐
ジャイガンティカ
黒《くろ》魔《ま》山脈
ラクジョウ道
スロッジャーの領《りょう》地《ち》
（湿《しっ》地《ち》）
ドロヌマ要《よう》塞
ドロヌマに注意
魔《ま》法《ほう》の森
永《えい》遠《えん》
ラクジョウ道

女王の地下牢《ちかろう》への
入り口
ウィッシュの家

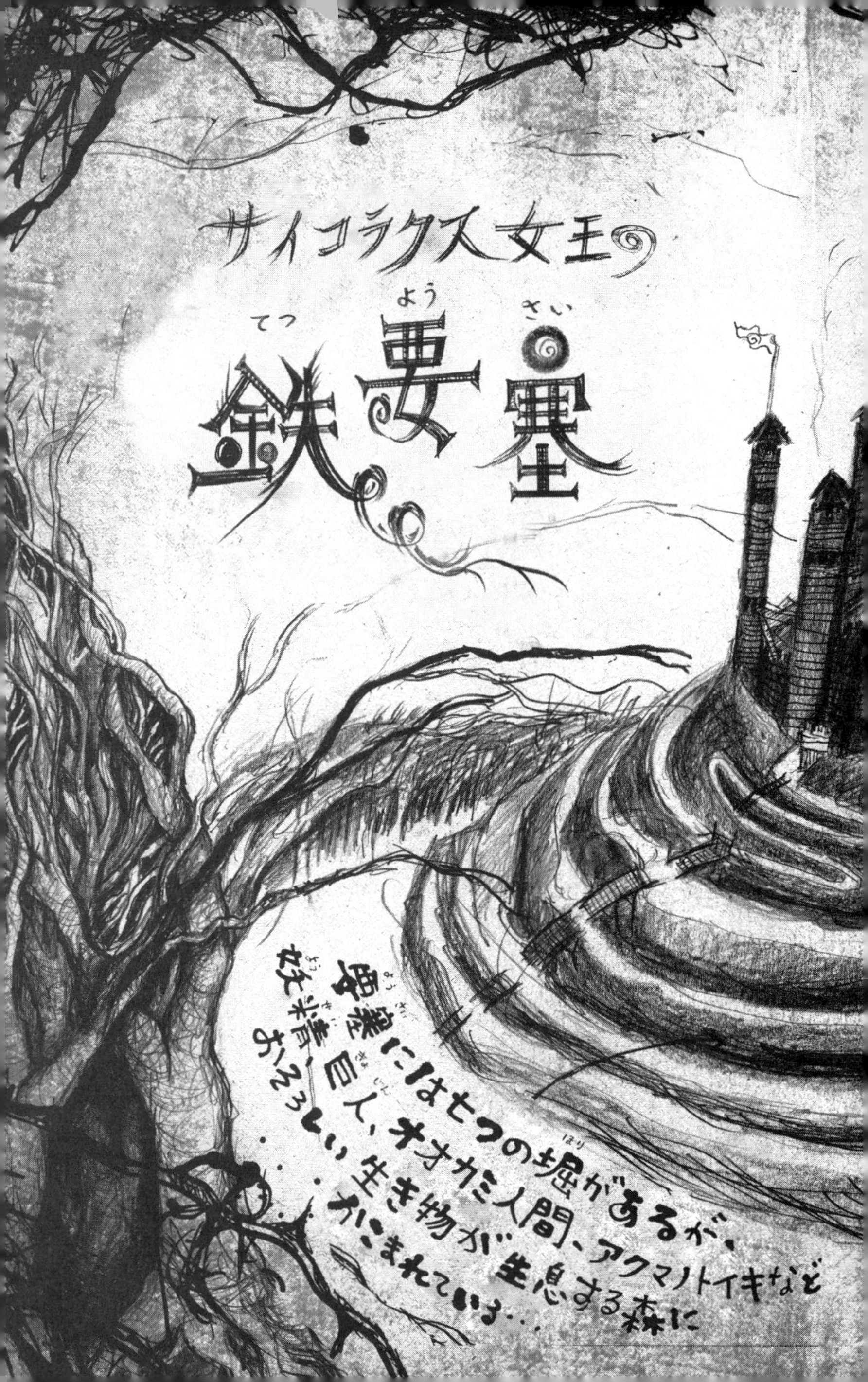
サイコラクス女王の
鉄《てつ》要《よう》塞《さい》
要塞《ようさい》には七つの堀《ほり》があるが、
妖精《ようせい》、巨人《きょじん》、オオカミ人間、アクマノトイキなど
おそろしい生き物が生息する森に
・・・かこまれている・・・

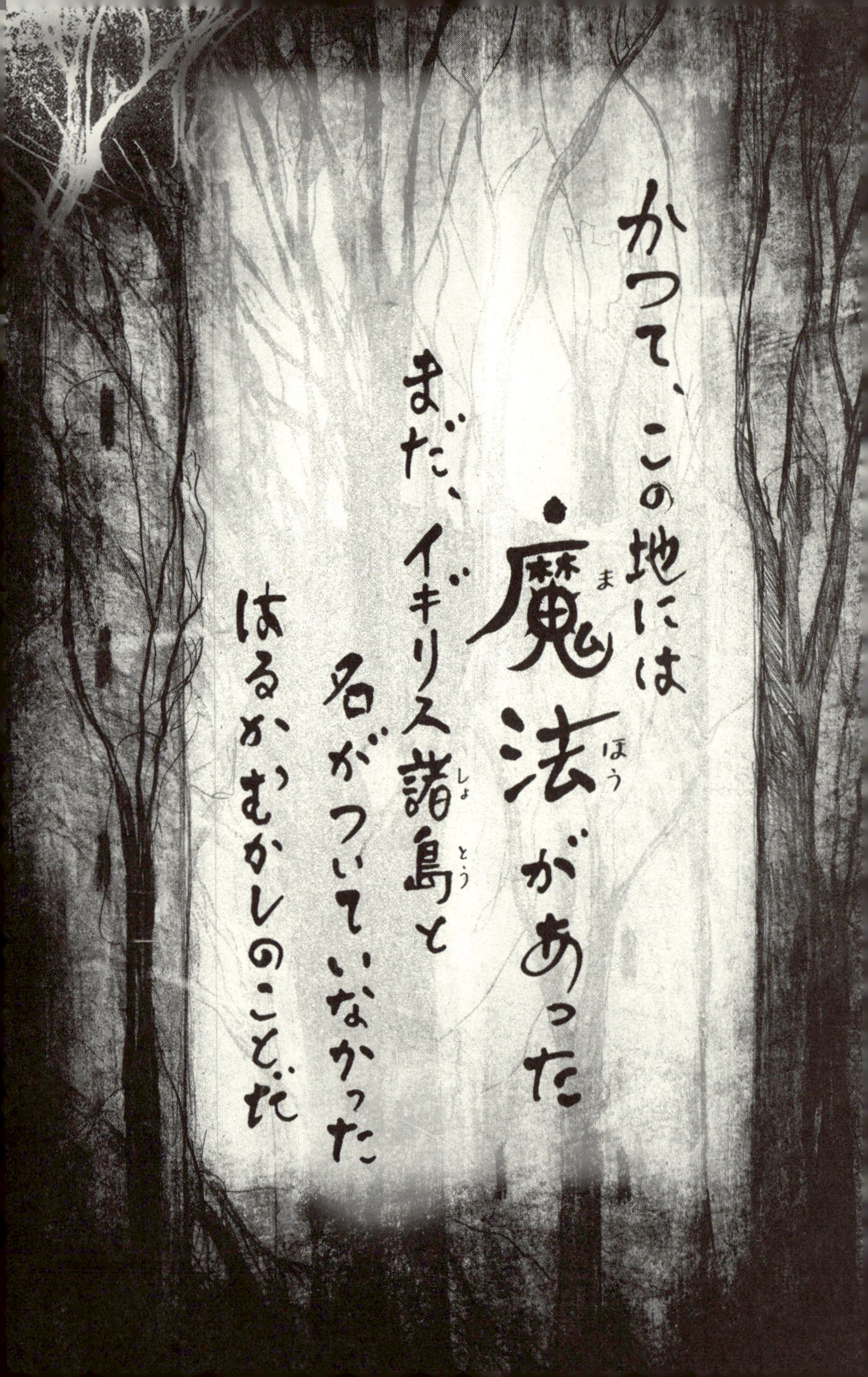
かつて、この地には
魔《ま》法《ほう》があった
まだ、イギリス諸《しょ》島《とう》と
名がついていなかった
はるかむかしのことだ

プロローグ

ここは、マジックウッズの森。

森といっても、どこにでもあるような森ではない。インクより、真夜中より、宇《う》宙《ちゅう》より暗く、魔女《まじょ》の心のようにねじれ、もつれている森だ。東西南北に延々《えんえん》と、海に行きつくまで、のびひろがっている。

マジックウッズには、だれも思いだせないほどむかしから、魔法族《まほうぞく》、妖精族《ようせいぞく》、巨《きょ》人族《じんぞく》といったさまざまな種族が……そして黒魔族《くろまぞく》がすんでいた。みな、魔法《まほう》とともに、この地でいつまでもくらすつもりでいた。

そう、戦士の一軍が、やってくるまでは……。戦士族は、海の向こうからマジックウッズに上陸し、森の半分を征服《せいふく》した。自分たちの領地《りょうち》を守るべく壁《かべ》を高々ときずき、堅固《けんご》な要塞《ようさい》をたてた。戦士族は、魔力《まりょく》を持たない代わりに、「鉄」とよばれる新しい武器《ぶき》を手にしていた。鉄は、魔法《まほう》がきかない、ただひとつのものだ。鉄の剣《けん》、鉄の盾《たて》、鉄のよろい……鉄に対しては、どんなに強力な魔法《まほう》も歯が立たない。

戦士族はまず、黒魔族《くろまぞく》に戦いをいどみ、血で血をあらう長い争いのすえに全滅《ぜんめつ》させた。黒魔族《くろまぞく》に同情《どうじょう》したものはいなかった。魔法《まほう》をあやつる種族の中で、もっとも邪悪《じゃあく》で、おもしろ半分にヒバリのつばさをもぎとったり、生き物を殺したりしていたからだ。だれもが、この世をほろぼしかねないかれらを、いみきらっていた。

だが、戦いは、そこで終わらなかった。戦士族は、悪い魔法《まほう》があるならば、すべての魔《ま》法《ほう》は悪いはずと、決めつけたのだ。そして、魔法使《まほうつか》いや人食いオーガ、オオカミ人間をも次々と殺していった。いたずらな魔法《まほう》をかけあいながら夜空に星のごとくまたたく、妖精《ようせい》たちにも手をかけた。生いしげった下生《したば》えをゆっくりとかきわけて歩くマンモスより大きくても赤んぼうのように無害な、巨人《きょじん》の息の根も止めた。

戦士族は魔法《まほう》にかかわるものたちを、ひとりのこらずたおすまで、攻撃《こうげき》の手をゆるめるつもりはない。

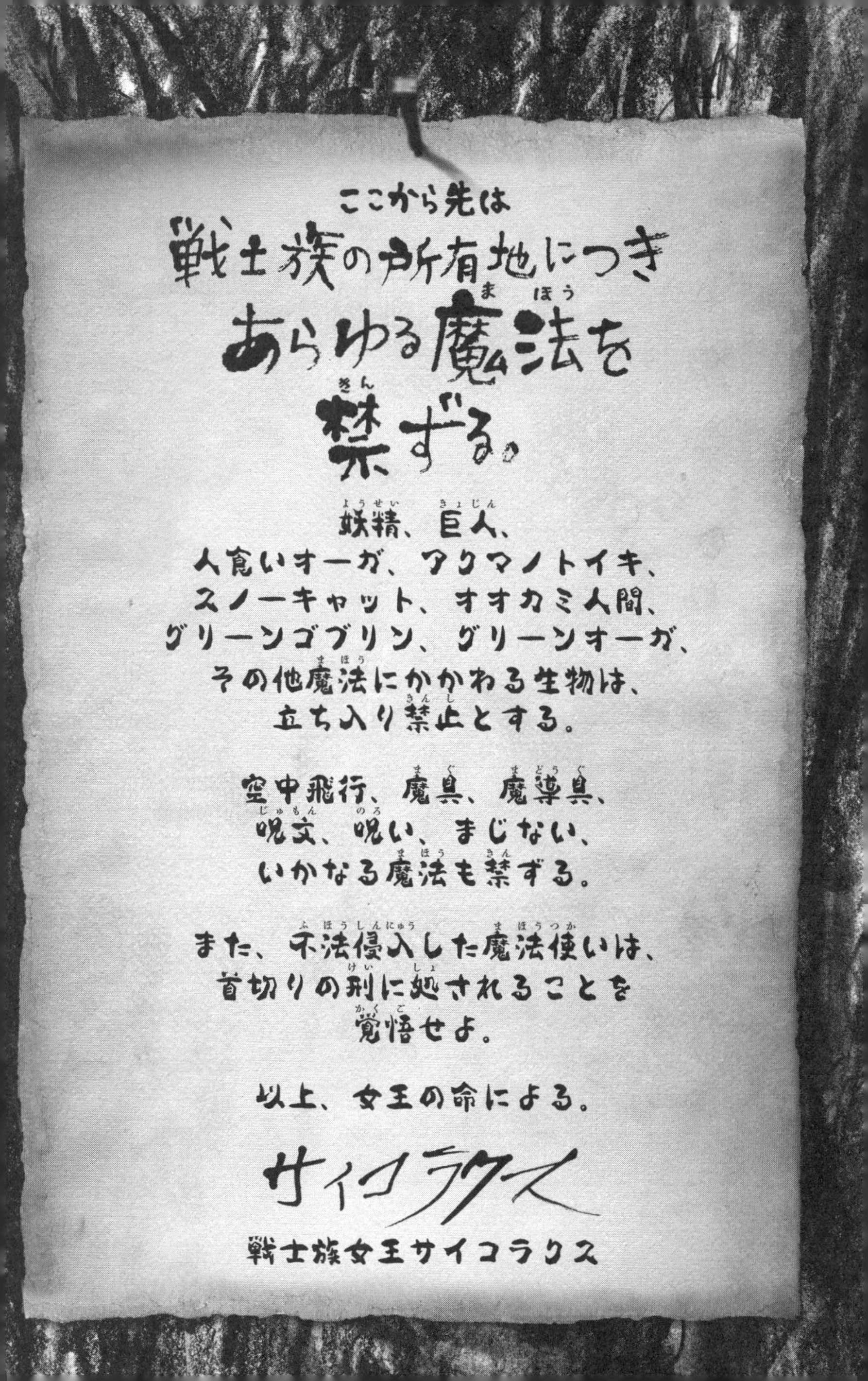
ここから先は
戦士族の所有地につき
あらゆる魔法《まほう》を
禁《きん》ずる。
妖精《ようせい》、巨人《きょじん》、
人食いオーガ、アクマノトイキ、
スノーキャット、オオカミ人間、
グリーンゴブリン、グリーンオーガ、
その他魔法《まほう》にかかわる生物は、
立ち入り禁止《きんし》とする。
空中飛行、魔具《まぐ》、魔導具《まどうぐ》、
呪文《じゅもん》、呪《のろ》い、まじない、
いかなる魔法《まほう》も禁《きん》ずる。
また、不法侵入《ふほうしんにゅう》した魔法使《まほうつか》いは、
首切りの刑《けい》に処《しょ》されることを
覚悟《かくご》せよ。
以上、女王の命による。
サイコラクス
戦士族女王サイコラクス

これは、たがいをにくみあうよう育てられてきた、魔法族《まほうぞく》の王子と戦士族の王女の物語だ。

すべては、一片《いっぺん》の**大きな黒い羽根**が見つかったことから始まった。

もしや、魔法族《まほうぞく》と戦士族が争いに気をとられている間に、太古の悪がよみがえったのか？

まさか、黒い羽根は、黒魔《くろま》のものなのだろうか？

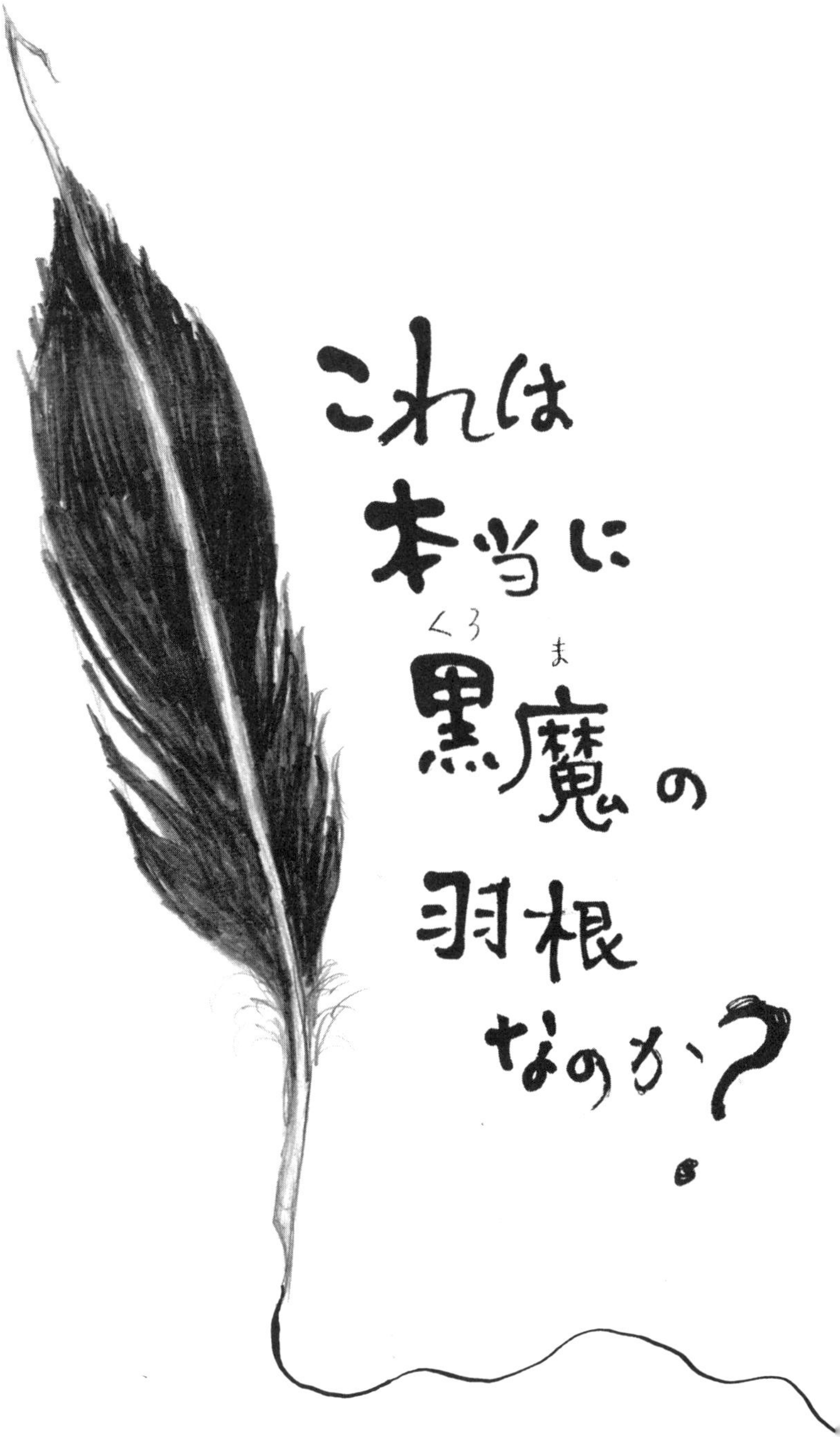
これは
本当に
黒《くろ》魔《ま》の
羽根
なのか？

わたしは、この物語の
登場人物のひとり…
すべてが見え、
すべてを知る。

正体は、
明かさないでおこう。

ここから物語がはじまる。
（迷子《まいご》にならないように。
この森はきわめて危《き》険《けん》だ）

第一部
反《はん》抗《こう》

第一部 反《はん》抗《こう》 もくじ

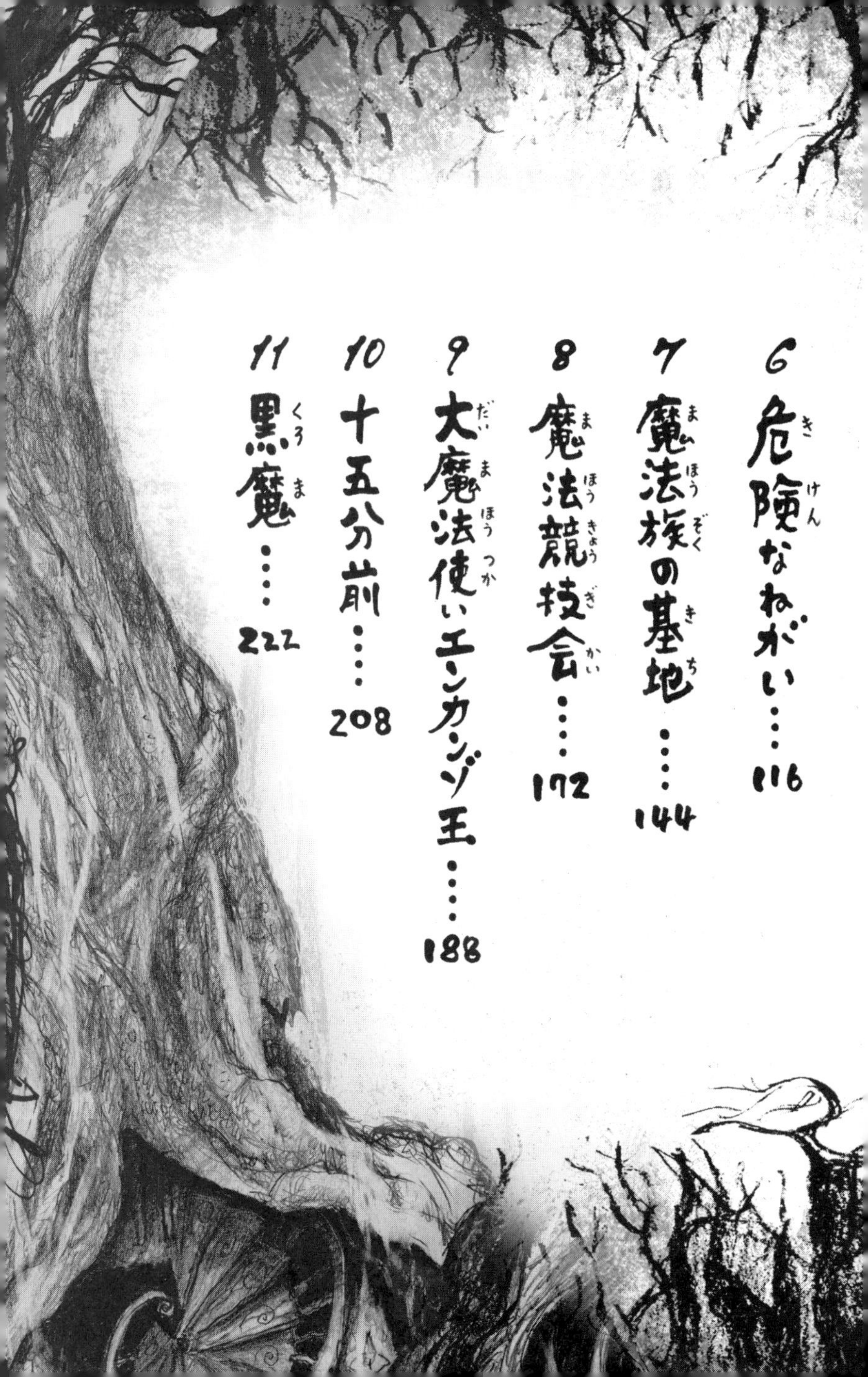

1 黒魔《くろま》をとらえるワナ

十一月にしては、あたたかい夜だ。言い伝えによれば、黒魔族《くろまぞく》は、あたたかい夜を好まない。黒魔《くろま》はとっくのむかしに絶滅《ぜつめつ》したというが、ザーは、そのにおいについて聞いたことがあった。静まりかえった暗い森に、黒魔《くろま》のにおいが今、ただよっているような気がする……。こげた髪《かみ》の毛《け》と死んでずいぶんたつネズミ、それにマムシの毒を少し混《ま》ぜあわせたような、一度かいだら、わすれられないにおいだ。

ザーは、魔法族《まほうぞく》のやんちゃな少年だ。大きなスノーキャットにまたがり、ダークウッズをうろついていた。ダークウッズは、森全体の中でも、とりわけ暗く、あれているところだ。ここは戦士族の領地《りょうち》で、魔法使《まほうつか》いが来るべき場所ではない。見つかったら最後、その場で殺される（少なくとも、そういううわさだ）。首をバサリ！　戦士族のなんともすてきな習わしだ。

だが、ちっともこわくなかった。ザーは、陽気なあくたれなのだ。髪《かみ》の毛《け》は、まる

ザーが、スノーキャットの背中《せなか》に乗っているところ

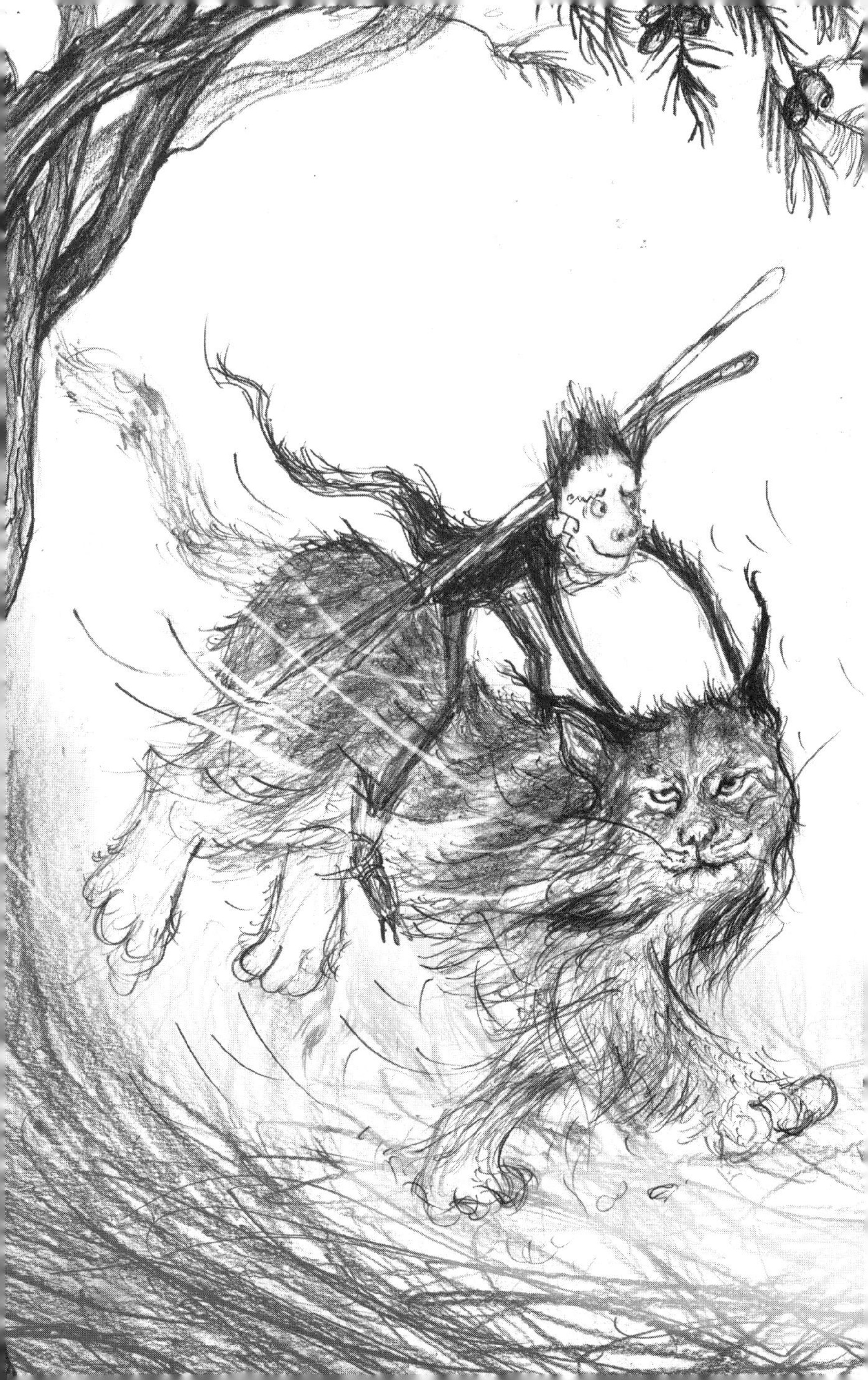

でハリケーンに直撃《ちょくげき》されたかのように、つったっている。

ザーの乗っているスノーキャットというのは大型のネコで、名前をキングキャットという。生意気《なまいき》な主人には、もったいないくらいの気品がある。丸い足先は光りかがやき、長い毛はパウダースノーのようにふかふかで、青みがかった銀灰色《ぎんかいしょく》をしていた。キングキャットは、森をすばやく、だが軽《かろ》やかに走っていく。先の黒い耳が左右にピクピクとふるえているのは、こわいからだが、プライドが高いので平気なふりをしていた。

「ダークウッズには、一歩たりとも入ってはならぬ」

今朝《けさ》、父である大魔法使《だいまほうつか》いエンカンゾ王に、そう注意されたばかりだ。

だが、ザーほどいうことを聞かない子は、魔法使《まほうつか》い王家を四代さかのぼってもいないだろう。禁止《きんし》されればされるほど、やりたくなる性分《しょうぶん》なのだ。

たとえば、この一週間……。

一、晩《ばん》さん会《かい》で、えらい老魔法使《ろうまほうつか》いふたりが、いねむりを

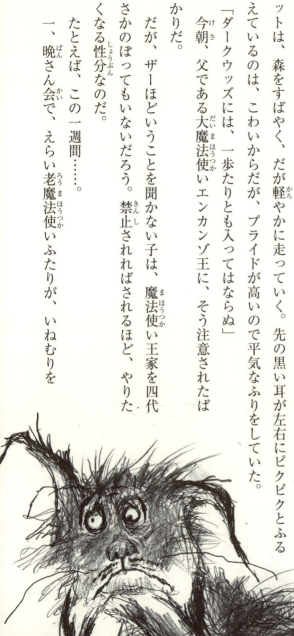

ザーのお目付役で
人間の言葉を話せるカラス、カリバーン

しているのをいいことに、たがいのひげをむすびあわせた。

二、えさおけにシンジツノアイ薬をたらしいれ、ブタたちが自分の大きらいな先生に夢中《むちゅう》になるようしむけた。先生は、うれしそうにブヒブヒと鼻を鳴らすブタの群《む》れに、いまだに追いかけられている。

三、西の森にうっかり火をつけた。

どれも、悪いことをしようとして、やったわけではない。つい調子に乗ってしまっただけだ。

それでも、今やっていることとくらべたら……。

ザーの頭の上を飛んでいた大きなカラスがいった。

「ザー、これはかなりの悪行じゃ」ものいうこのカラスの名は、カリバーン。もとは美しかったが、ザーのお目付役なので気苦労が多く、羽根がごっそりぬけおち、みじめな姿《すがた》になりはてた。「危険《きけん》を承知《しょうち》で、なかまの動物や妖精《ようせい》ばかりか、魔法使《まほうつか》いの友をこんなところにつれてくるとは、なんたることじゃ」

大魔法使《だいまほうつか》いの息子でカリスマ的な魅力《みりょく》を持つザーには、子分がたくさんいた。

かんぺきに安全な空き地なのに、
びびっているスノーキャット →

オオカミ五頭、スノーキャット三頭、クマ一頭、妖精《ようせい》八人、クラッシャーという名の巨人《きょじん》、それから、魔法使《まほうつか》いのなかまたち。どの子分も、本当はこわくてたまらないのに、平気なふりをして、とうぜんのようについてきていた。

「まったく、心配性《しんぱいしょう》だな」ザーは、キングキャットの首を引っぱって立ちどまらせると、地面に飛びおりた。「この美しい空き地を見てみろよ。ほら、森のほかの場所と同じで、かんぺきに安全だ」

ザーは、ウサギや子ジカが飛びはねている原っぱにでも来たかのように、のんきにあたりを見回した。だがそこは、イチイの木がおそいかかるようにしげり、ヤドリギがその葉を黒魔《くろま》の涙《なみだ》のようにたらしている、ぶきみな場所だった。

魔法使《まほうつか》いの子分は、いっせいに剣《けん》をぬき、スノーキャットは、全身の毛をタンポポの綿毛《わたげ》のようにさかだてた。五頭のオオカミは、魔法使《まほうつか》いたちを守る

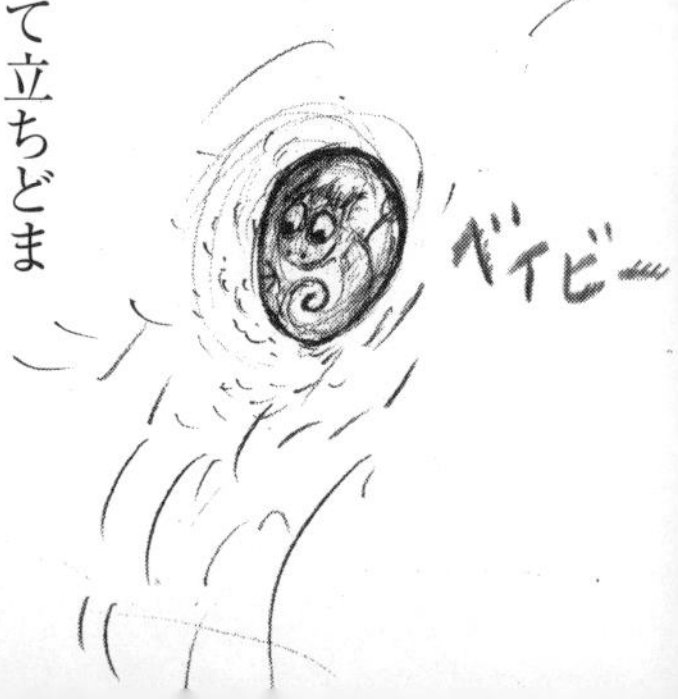

アリエル

ように円をえがく。

妖精《ようせい》たちは、ザーと同じようにワクワクしていたが、それは、何も知らないせいだった。

見たことがない人のために、妖精《ようせい》について少し説明しよう。

ここにいる八人のうちの五人はおとなの妖精《ようせい》で、人間と昆虫《こんちゅう》をかけあわせたような見かけをし、気は強そうだが気品のある顔立ちをしている。イライラしたり、たいくつしたりすると（どちらも、よくあることだ）、星のようにちかちかとまたたき、耳からむらさき色のけむりをふきだす。

体がすきとおっているため、どくどくと動く心臓《しんぞう》が見える。のこりの三人は、小さくておさない妖精《ようせい》だ。まだおとなになっていない妖《よう》

精《せい》は、モジャモジャの精《せい》とよばれる。中でも、落ちつきがなく頭のちょっと弱いスクイジュースは、ザーのお気に入りだった。

「すてき！　こんなにものすごーく、とってもメチャクチャ、すてきなばしょ、みたことないじょー！　あれ、あのキレイなオハナのナマエは、なーに？　よーし、おいらがあてちゃう！　タンポポ？　ヒマワリ？　チューリップ？　あっ、カリフラワーかな！」

スクイジュースは、ぶきみな木へ近づくと、開いたばかりの花に止まった。まわりにとげのついたこの植物の名前は、あろうことか、ヨウセイガブリ。次の瞬間《しゅんかん》、花はネズミとりのようにいきおいよくしまり、スクイジュースを中にとじこめた。

カリバーンは、ザーの肩《かた》におりたち、深いため息をついた。

「それみたことかとはいわんが、『かんぺきに安全』な場所に、まだ一分半しかいないというのに、もう子分をひとり、肉食植物にやられてしもうた」

「何いってるんだ」ザーは、落ちついた声でカリバーンにいいかえした。「やられてなんかない。なんのためにおれがいると思ってるんだよ。子分があぶない目にあったときに助けるのが、リーダーじゃないか」

ザーは、ヨウセイガブリの木をするすると登っていった。とちゅうで二回ほど、枝《えだ》がしなって落ちそうになったが、六十メートルほど上に行くと、短剣《たんけん》をとりだし、刃《は》で花をこじあけた。

間一髪《かんいっぱつ》、スクイジュースが、ゼーゼーと息を切らして飛びだしてくる。

「おいら、ダイジョーブ、ダイジョーブ！　でも、あれー、ヒダリあしが、ジンジンしてるじょー」

「心配ない。ヨウセイガブリの消化液《しょうかえき》のせいだ。二時間もすりゃ、なおるさ！」ザーは、木からするするとおりた。「ほらな！　おれは、偉大《いだい》なリーダーなんだ。おれについていれば、まちがいない」

魔法使《まほうつか》いの子分たちはそろって、あこがれのまなざしをザーに向けた。

そのとき、ザーの兄のルーターが、うしろの暗闇《くらやみ》からあらわれた。大きな灰色《はいいろ》のオオカミにまたがり、妖精《ようせい》、動物、魔法使《まほうつか》いの子分をザーよりもたくさん引きつれている。

ザーは、身をかたくした。兄のことが、大きらいなのだ。

ルーターは、ザーよりずっと大きい。背《せ》は父親とほとんど変わらず、魔法《まほう》に長《た》けていて、見かけも頭もよく、それを本人もよくわかっていた。魔法使《まほうつか》いきっての「超《ちょう》」がつくうぬぼれ屋で、こうしてときどき、弟のあとをこっそりつけては、ちょっかいを出す。

ザーは、警戒《けいかい》した声でいった。

「こんなところで、何してるんだよ？」

「なーに、かわいい弟が、今度はどんなくだらねえことをするのか見たくてな、あとをつけてきたってわけさ」

「おれは、偉大《いだい》なリーダーだ。くだらないことなんかしない！　ここには、理由があって来たんだ。兄《にい》さんには関係ないけど――」ザーは、ここで手のこんだウ

バ、バ、バカなことを……

ソをつこうとした……が、じまんせずにいられなくなり、ふんぞりかえってつづけた。「黒魔《くろま》をつかまえに来たんだ」

な、な、なんだって⁉

ザーの子分たちは、このときはじめて森に来た目的を聞かされ、引っくりかえりそうになった。

く、黒魔《くろま》だって⁉

クマもスノーキャットもオオカミも、一瞬《いっしゅん》かたまったのち、ガタガタとふるえだす。無《む》鉄砲《てっぽう》でこわいもの知らずの妖精《ようせい》アリエルでさえ、宙《ちゅう》にまいあがり、しばらく姿《すがた》を消した。

「この森には、黒魔《くろま》がいる。おれにはわかる」ザーは、目をかがやかせてつぶやいた。まるで、とっておきのおくり物をみんなに見せてやろう、とでもいうような口ぶりだ。

長い沈黙《ちんもく》がつづいた。

と、ルーターと魔法使《まほうつか》いの子分たちがふきだした。

わらって、わらって、わらいつづける。

「おいおい、たのむぜ」やっとわらいのおさまったルーターがいった。「黒魔族《くろまぞく》は、とっくのむかしに絶滅《ぜつめつ》したことくらい、おまえだって知ってるだろ」

「けど、生きのびて、ずっと森にかくれてたやつがいるかもしれない。これを見ろ！　きのう、この場所で見つけたんだ！」ザーは、慎重《しんちょう》な手つきで、とんでもなく大きな黒い羽根をリュックからとりだした。

カラスの羽根に似《に》ているが、ずっとずっと大きい。色は、全体的に灰色《はいいろ》がかった黒で、先っぽのほうだけマガモの頭のように深緑色に光っている。

「黒魔《くろま》の羽根だ」とザー。

ルーターは、見くだすような笑《え》みをうかべた。

「そりゃ、どっかのでかい鳥の羽根だ――巨大《きょだい》なカラスとかよ。ここいらには、見たこともねえ生き物が、うじゃうじゃいるぜ」

ザーは、顔をしかめると、羽根をベルトにさしこみ、むっとしていいかえした。

「こんな大きな羽根をした鳥はいない」

「くだらねえ。脳《のう》みその足りねえおまえが考えそうなことだ。いいか、黒魔族《くろまぞく》は、永遠《えいえん》に消えたんだ」

ふいに、カリバーンが木から、ザーの頭の上にまいおりた。

「かるがるしく『永遠《えいえん》』などというでない」

「ほらな！　カリバーンは、未来も過去《かこ》も見通せる、予知能力《よちのうりょく》のある鳥なんだぞ。そいつが、永遠《えいえん》に消えたとはいえない、ってさ！」

「いや、わしにわかるのは、何かしらの理由で黒魔族《くろまぞく》が絶滅《ぜつめつ》していないとしたら、こんな暗い場所でそのひとりと出会うのは、ごめんこうむりたいということだけじゃ」カリバーンが、ブルッと身ぶるいをする。「ザー、なぜそうも黒魔《くろま》を見つけたがる？」

「つかまえて、魔力《まりょく》をぬすみ、おれが使うんだ」

ふたたび、おそろしいほどの沈黙《ちんもく》が流れた。

その沈黙《ちんもく》をルーターがやぶる。

「おいおい弟ちゃんよ。そりゃ、歴史が始まって以来のサイアクの作戦だぜ」

「自分が思いつかなかったからって、ねたむな！」

「なら、いくつか質問《しつもん》させてくれ。そもそも、どうやって黒魔《くろま》をつかまえるつもりだ？」

「これを持ってきた」ザーは、リュックから網《あみ》をとりだし、見せつけた。やる気だけは、ルーターもみとめないわけにはいかなかった。「これから、なかまのひとりにけがをさせ、血のにおいで、黒魔《くろま》をおびきよせる」

「そりゃ、ゆかいだ。かわいい子分を傷《きず》つけるってのか？　気のくるったオオカミ人間や、血に飢《う》えた人食いオーガのいる森で？　頭がイカれてるぜ。とんでもねえやつが考えた、とんでもねえ作戦だ」

ザーは、兄を無視《むし》してつづけた。

「それで、おそってきた黒魔《くろま》を、この網《あみ》でつかまえる。次の質問《しつもん》は？」

「よし、質問《しつもん》その二。何かがおそってきたとして、それが、黒魔《くろま》だとどうやってわかる？

見たことがあるやつは、だれもいねえってのに」

ザーは、ふたたびリュックを開き、大きな地図帳のような本をとりだした。表紙に、『魔法百科《まほうひゃっか》』とある。

魔法使《まほうつか》いはだれでも、生まれたときにこの本を一冊《さつ》、あたえられる。ザーの魔法百科《まほうひゃっか》は、ぼろぼろだった。透明《とうめい》なところがあったり（あやまって消え薬の中に落としてしまった）、黒くこげて読めないところがあったり（魔法族《まほうぞく》の基地《きち》に火をつけてしまったときにこがした）、とれかかったページや、完全にとれてはさんであるページがあったりした（ここには書ききれない数々のいたずらのせいだ）。

ザーは、もくじのページを開いた。A《エー》からZ《ゼット》まで二十六文字のアルファベットが、大きな金色の字で書いてある。ザーは、人さし指でひとつひとつにふれ、「KURO《くろ》MA《ま》」とつづった。

本がひとりでに、ページをめくりだす。めくられたページは霧《きり》のように消え、しばらくすると、「黒魔《くろま》」のページでぴたりと止まった。

「おかしいな。見た目についてては、なんにも書いてない。けど、緑色をしてる……みたいだ」とザー。

ほかに、「黒魔《くろま》は透明《とうめい》になることができ、その血は酸性《さんせい》である」と書かれていたり、「目から血をふきだす」とも書かれていた。

「見たら、ぜったいにわかるはずだ」ザーは、イライラしながら魔法百科《まほうひゃっか》をとじた。「けっこうおっかない姿《すがた》をしてるんだろ？」

「とてつもなく……」カリバーンが、深刻《しんこく》な顔つきでいう。「この地球上に誕生《たんじょう》した生物の中でもっともおそろしいのが、黒魔《くろま》なのじゃ……」

「で、万が一、黒魔《くろま》をつかまえられたとして、どうやって魔力《まりょく》をとりあげるつもりだ？」

ルーターはきいた。「かわいくたのんだところで、地球上に誕生《たんじょう》した生物の中でもっともおっそろしい、酸性《さんせい》の血を目からふきだす緑のばけもんが、『はいどうぞ』とくれるとは思えねえが」

「それなら、もう考えてある」ザーは、したり顔でいった。そして、おおげさなしぐさで手ぶくろをはめ、リュックをさぐってとりだしたのは……

……小さな鍋《なべ》。

その場のだれもが、だまりこんだ。

「おまえ、それが鍋《なべ》だと、わかってんのか？」ルーターがきく。

「これは、そんじょそこらの鍋《なべ》じゃない」ザーは、得意そうにいうと、大きく息を吸《す》いこみ、信じられないことを口にした。「鉄でできてるんだ」

魔《ま》法使《ほうつか》いのなかまは、おそれおののき、あとずさりした。妖精《ようせい》たちは、いっせいに悲鳴を上げた。だが、ルーターは、こわがるどころか、たおれんばかりにわらいころげた。
「おもしろすぎる……鍋《なべ》で黒魔《くろま》と戦うつもりか？　偉大《いだい》なリーダーが聞いてあきれるぜ。おまえは、ウソつきの負け犬だ。王は、おまえを恥《は》じてる。なるほど、なんでそんなに魔《ま》力《りょく》をほしがってるのか、わかったぞ。今夜の冬祭りの魔《ま》法競技会《ほうきょうぎかい》に出たいんだろ。ところが、おまえは魔《ま》法《ほう》が使えないときた。魔力《まりょく》のないザーちゃん！」
ザーの顔は、恥《は》ずかしさのあまり真《ま》っ赤《か》になり、それから、怒《いか》りで真《ま》っ青《さお》になった。

魔法《まほう》が使えないのは、だれにもふれられたくない悩《なや》みだった。魔法使《まほうつか》いは、生まれたときから魔力《まりょく》がそなわっているわけではない。十二歳《さい》くらいになると、おりてくるのだ。ところがザーは、もう十三歳《さい》だというのに、まだだった。

もちろん、努力はした。数えきれないほどの時間を使った。だが、念じて物を動かすようなかんたんな魔法《まほう》でさえ、ない筋肉《きんにく》を動かそうとするようなもので、できなかった。

「もっと肩《かた》の力をぬきなさい。そうすればできるようになる」まわりには、そういわれた。

だが、できないものは、できない。

ザーは、不安になってきていた。一生、おりてこなかったら？

大魔法使《だいまほうつか》いの息子が魔法《まほう》を使えないとなれば、
一族の恥《はじ》もいいところだ。考えるだけで、
はき気がする。

「かわいそうなザーちゃん」ルーターは、あわれむようにいった。「でかい口たたいてるくせに、魔法《まほう》のひとつもできやしねえ」

「魔力《まりょく》は、おりてくる」あまりの怒《いか》りに、ザーの目が極限《きょくげん》まで細まる。「黒魔《くろま》をつかまえて魔力《まりょく》をうばいとったら、兄《にい》さんをこの世から消しさってやるから、おぼえてろ」

「おー、こわっ！」ルーターは、にんまりわらうと、背中《せなか》に手を回し、リュックから杖《つえ》を一本引きぬいた。魔法使《まほうつか》いの杖《つえ》は、歩行用のステッキと同じくらいの長さで、魔《ま》力《りょく》を集中させるのに使う。

ザーは、鍋《なべ》をふりあげると、ルーターに向かって突進《とっしん》した。

「こっちは鉄を持ってるんだ、魔法《まほう》はきかないぞ！」

だが、ザーは運悪く、地面をはうつるに足をとられてつまずいた。そのひょうしに、鍋《なべ》は手をはなれ、ルーターの頭上を飛びこえ、茂《しげ》みの中に消えた。

ルーターは、杖《つえ》をザーに向け、呪文《じゅもん》をぶつぶつととなえた。魔力《まりょく》が、体じゅうにみなぎり全身をふるわせる。腕《うで》を通って、杖《つえ》に注がれ、その先から一筋《ひとすじ》の稲妻《いなずま》となって炸裂《さくれつ》し、ザーの足を直撃《ちょくげき》した。

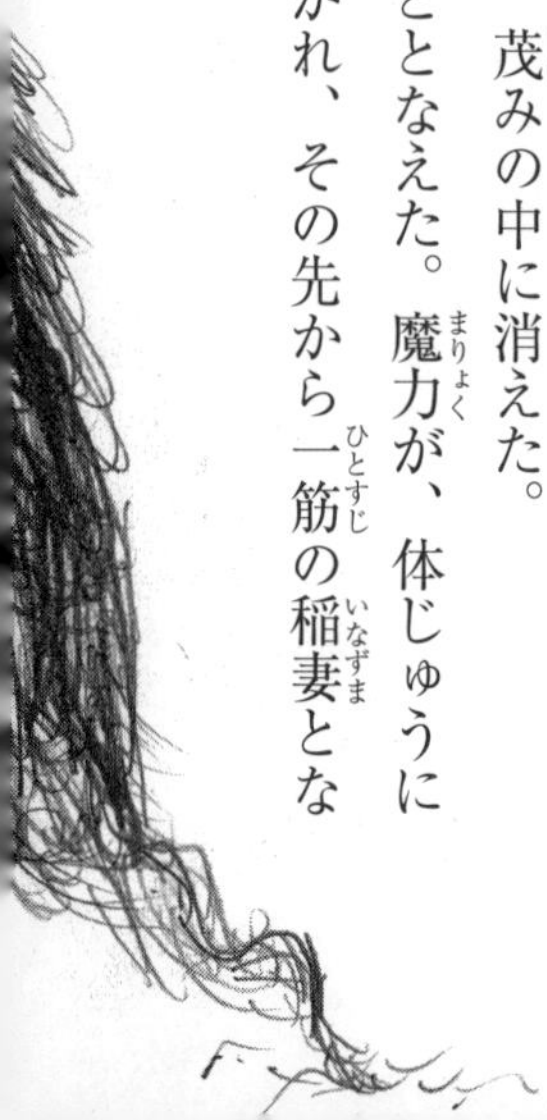

べつにいいじゃーーん
ザー… 落ちつくんじゃ…
かっとなっては
いかん

ザーは、そのまま、一歩も動けなくなった。

「ハッハッハッハッハッ！」ルーターの子分たちが、腹《はら》をかかえてわらう。

「魔法《まほう》をとけ！」ザーは、なんとか動こうとしたが、まるで足が鉛《なまり》になってしまったかのようだ。

「やなこった。だれが――」

かっとなったザーは、とっさに指をパチンと鳴らした。

ギャオオオオオーーーーー！

次の瞬間《しゅんかん》、体重四百キロの銀灰色《ぎんかいしょく》の殺人鬼《さつじんき》キングキャットが、きばをむきだし、ルーターにおそいかかった。ルーターは、木の幹《みき》にはりつ

けにされ、恐怖《きょうふ》のあまり、悲鳴を上げた。

右肩《みぎかた》に、四本のナイフでぐさりとさされたような痛《いた》み。

血がだらりとたれる感触《かんしょく》。

目の前数センチのところに、悪夢《あくむ》に出てくるような化けネコの顔。

ルーターの子分たちは、助けるどころか、動くことさえできなかった。

「もう一回、おれが指を鳴らせば、兄《にい》さんの首は飛ぶ」

「ひきょうだぜ！」ルーターは、ハアハアと息をしながらいった。「動物におそわせるのは反則《はんそく》だ！」

「早く魔法《まほう》をとけ！」

ルーターは、弟に負けないほど、はらわたが煮《に》えくりかえっていた。だが、この状況《じょうきょう》で、何ができるというのだろう？　杖《つえ》をザーに向け、足がふたたび動くよう魔法《まほう》をとく。ザー

も、兄をはなすようキングキャットに合図を送った。

「異常《いじょう》だ……くるってる。動物を使いやがって……。魔《ま》法競技会《ほうきょうぎかい》に出るなら出てみろ。うちのめしてやるぜ」ルーターは、ずきずきと痛《いた》む肩《かた》に視線《しせん》をうつし、目を見開いた。キングキャットのつめあとから、血がどろりと流れでている。

「おい、ザーの子分ちゃんたちよ。黒魔《くろま》をつかまえようなんていってる、頭のおかしいやつは見すてて、おれといっしょに帰ろうぜ！」

ひとり、またひとりと、ザーの子分は、ルーター

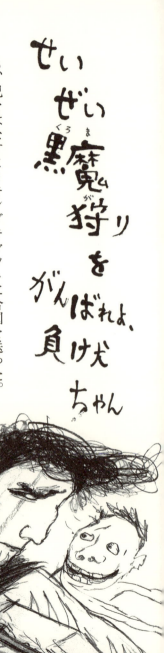

のもとへ吸《す》いよせられていった。オオカミやスノーキャットにまたがり、ぶつぶつといいわけをする。

「悪いね、ザー。これは、いくらなんでもやりすぎだよ」

「まさかとは思うけど、黒魔《くろま》に出くわしちゃったら、こまるからね」

ルーターは、これ以上ない得意顔でいった。

「ざまあみやがれ。人をリード《みちびく》するから、リーダーっていうんだぜ。どうやら、魔法《まほう》の使えねえ変人についていきたい物好きは、いねえようだ。そんじゃ、せいぜい黒魔《くろま》狩《が》りをがんばれよ、負け犬ちゃん」そして、オオカミにまたがると、ほとんどの魔法使《まほうつか》いの子分を引きつれて、行ってしまった。

「どいつもこいつも、びびりやがって！」ザーは、あまり

にも頭にきて、涙《なみだ》がこみあげてきた。茂《しげ》みをかきわけて鍋《なべ》を拾い、兄たちの背中《せなか》に向かってこぶしをふりあげる。「今に見てろ！　黒魔《くろま》をつかまえたら、魔力《まりょく》をうばって、つばさがなくても飛べるくらいすごい魔法使《まほうつか》いになってやる！」

ザーは、のこってくれたサエない子分たちに向きなおり、ため息をついた。

なんで兄《にい》さんは、いつもすべてをだいなしにするんだろう？

目の前にいる三人の魔法使《まほうつか》いは、そろいもそろって魔法《まほう》が使えない落ちこぼれだ。ヘリオトロープという女の子と、ラッシュとダーキッシュという男の子ふたり。図体《ずうたい》と耳ばかりが大きいダーキッシュにいたっては、もう十七歳《さい》なのに魔力《まりょく》がおりてくる気配《けはい》すらなく、おまけに頭が少し弱い。

「ちぇっ。ろくでもないやつしかのこってないじゃん」ザーは、舌《した》うちをした。

「ちょっとちょっと、それは、いくらなんでも失礼だよ」ラッシュが、文句《もんく》をいう。

「おらたち、ほんとにつばさがなくても空を飛べるようになるのー？」ダーキッシュは、太い腕《うで》をパタパタとふってみせた。

「もちろんさ。あいつら、にげたことを後悔《こうかい》するぞ」ザーは、楽しそうに両手をこすりあわせた。立ち直りの早い性格《せいかく》なのだ。「ところでダーキッシュ、いちばんでかいおまえが、落《お》とし穴《あな》をほってくれ。で、ラッシュ、黒魔《くろま》をおびきよせるために、悪いが、ちょっとけがをしてもらうぞ。万が一、作戦が失敗して――」

「あのー、作戦はぜったいに安全だって、いってなかったっけ？」ラッシュが、不安そうにきく。

「世の中に『ぜったい』はない」ザーは、何食わぬ顔でいった。「人生は、危険《きけん》に満ちてるんだ。そうだろ？　木に登っただけで、死にかけることだってある。さっきのおれみたいにな」

三人の子分が、さっそくザーのいわれたとおりに動きはじめると、頭上からカリバーンが口をはさんだ。

「木に登るのとは、わけがちがう。戦士族の領地《りょうち》に不法侵入《ふほうしんにゅう》したばかりか、地球誕生《たんじょう》以来もっともおそろしい生き物をワナにかけようとしておるんじゃぞ」

だが、だれも話を聞いていなかった。

カリバーンは、深いため息をついた。木の上で、頭をつばさの下にうずめる。むだだとわかっていても、そうして目をとじていれば、悪い未来がやってこないと、信じているかのように。

ナイトアイ

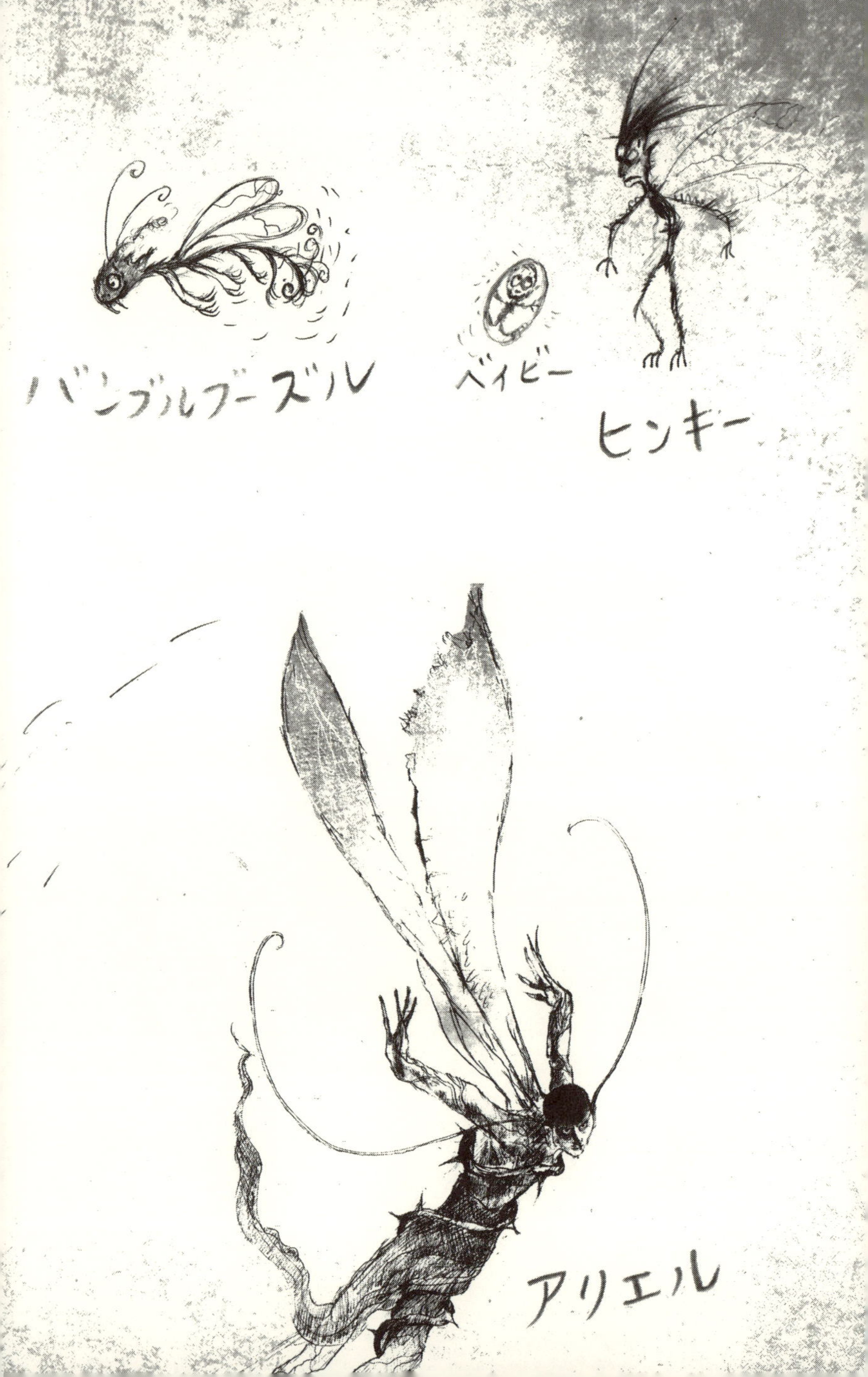
バンブルブーズル
ベイビー
ヒンギー
アリエル

ザーの妖精《ようせい》たち

2 ウィッシュという名の戦士

同じころ、りっぱなよろいをつけた軍馬が、小さい戦士ふたりを乗せ、戦士族の本拠地《ほんきょち》の鉄要塞《てつようさい》をおそるおそる出発した。日がくれたあとの外出は、禁止《きんし》されている。戦士たちは、森に巣食う魔法《まほう》を心からおそれているのだ。

丘《おか》の上に立つ鉄要塞《てつようさい》は、それはそれは巨大《きょだい》だった。骨《ほね》のように白く、見《み》はり塔《とう》が十三棟《とう》もあり、七つの堀《ほり》にかこまれ、化けネコの目のような細い窓《まど》しかついていない。戦士族が、いかに魔法《まほう》をおそれているかがわかる。

要塞《ようさい》は、はてしない緑の樹海《じゅかい》にとりかこまれていた。番兵たちが、何かがひそんでいるかもしれないと樹海《じゅかい》に目をこらす。戦士たちがそれほどおそれる何が、森にいるというのだろうか。

よろいをガチャガチャと鳴らして胸壁《きょうへき》を歩くその番兵たちの目をぬすみ、軍馬は、暗闇《くらやみ》にまぎれて要塞《ようさい》をぬけだすことに成功したのだった。

ダークウッズに足をふみいれた軍馬は、木の上から邪悪《じゃあく》な何かに、じっと見つめられていた。それがなんであるかは、まだわからない。この森には、ありとあらゆる悪がひそんでいるからだ。軍馬を見つめているのは、キャットモンスターか、オオカミ人間か、それとも、人食《ひとく》い魔《ま》（人食いオーガに似《に》ているが、さらに残酷《ざんこく》な魔物《まもの》）か……。

正体は、そのうち明らかになるだろう。

いずれにしても、軍馬がその何かの気を引いたのは、しかたのないことだった。体の細い姫《ひめ》と護衛《ごえい》見習いのボドキンを背中《せなか》に乗せ、木々の間をパッカパッカと大きな音を立てて走っていたからだ。おまけに、ふたりは、よろいの上に真《ま》っ赤《か》なマントをはおっていた。深緑色にそまる森で、赤は星のように光る。これ以上目立ちたかったら、アーチェリーの的《まと》を頭にのっけるか、「ダークウッズのはらぺこモンスターたちよ、我々《われわれ》をめしあがりたまえ」と書いた看板《かんばん》をぶらさげるかしかないだろう。

姫《ひめ》には正式な長い名前があったが、みんなにウィッシュとよばれていた。

戦士族の姫《ひめ》とあれば、ウィッシュの母、サイコラクス女王のようにおどろくほど背《せ》が高いとか、とてつもなくおそろしい人間を想像《そうぞう》するだろう。

ところが、ウィッシュは、そのどちらでもなかった。

顔は小さく、髪《かみ》はネコっ毛で、まるでそこだけ静電気が起きたかのようにボサボサ。左目は眼帯《がんたい》でおおわれ、右目は世界をもっと知りたいという好奇心《こうきしん》にあふれ、きょろきょろとよく動く。

護衛《ごえい》見習いのボドキンは、うしろをふりかえりながら、びくびくといった。

「昼間でも来てはいけないところに、夜に来るなんて！」

この日ボドキンは、代理でこの変わり者の姫《ひめ》につきそっていた。いつもの護衛《ごえい》が、しつこい風邪《かぜ》にやられて、寝《ね》こんでしまったのだ。

まだ十三歳《さい》のボドキンが、だれもがうらやむこの仕事につけたのは、努力に努力を重ねて、上級護衛術《ごえいじゅつ》のテストでトップの成績《せいせき》をとったからだ。

といっても、じっさいの仕事をするのははじめてで、想像《そうぞう》していたよりもずっとたいへんだった。

だいたい、この姫《ひめ》は、いうことを聞かない。

それに、正直なところ、授業《じゅぎょう》ではしかたなくがんばったけれど、争いごとは、どうも苦

軍馬をじっと見つめる
邪悪《じゃあく》な何か

手だった。いつ暴力《ぼうりょく》にまきこまれるかしれないと思うと、気分が悪くなる。

「ここには、オオカミ人間やキャットモンスターや巨人《きょじん》が、いるかもしれないんですよ」とボドキン。「それに、クマやジャガーや魔法使《まほうつか》いやアクマノトイキ……。小人だって、集団《しゅうだん》でおそってくることがあるんですから油断《ゆだん》できません」

「もう、なさけないんだから!」姫《ひめ》は、いいかえした。「あの子を見つけたら、すぐに帰るってば。それに、こうなったのはボドキンのせいよ。お母《かあ》さまにいいつけるなんていうから、パニックになって、にげちゃったんじゃない」

「これ以上、姫《ひめ》さまがめんどうなことになったら、こまると思っただけです。ペットは禁《きん》止《し》されているじゃありませんか。戦士族の規則《きそく》に反します」

ボドキンほど、規則《きそく》を大切にする戦士はいなかった。護衛《ごえい》見習いの次に、王室守衛《しゅえい》への出世をねらっているからには、最低でも規則《きそく》は守らなければならない。

「それに、ふつうのペットならまだしも……」

「きっとおびえてるわ」ウィッシュは、心配そうにいった。「こんなおそろしいところににげこんだあの子を、放っておけるわけがないでしょう。ひとりで、どんなに心細いか。

おなかをすかせたキーバに、追いかけまわされていたら、どうしましょう。まあ、あそこを見て！」

ウィッシュは、ほっとした声を上げると、たづなを引いて軍馬を止め、やぶの間をピョンピョン飛びはねているものを拾いあげた。

「ああ、よかった！」ウィッシュはその子をやさしくなで、声には出さなかったが、「心配ないわよ、だいじょうぶ。わたしがいるからね」というようになだめた。まるで、森で迷子《まいご》になった犬かネコかウサギをなだめるように。

だが、それは、犬でもネコでもウサギでもなかった。

「それはスプーンですよ、姫《ひめ》さま！」

ボドキンのいうとおりだった。

姫《ひめ》のペットは、大きな鉄のスプーンだったのだ。

「ほんとね！」ウィッシュは、まるでたった今気がついたとでもいうように答えると、軍馬にまたがり、そででスプーンをふいた。

それはスプーンですよ、姫《ひめ》さま

「しかも、生きてます！　動いてます！」ボドキンが身ぶるいする。「つまりそれは、禁《きん》止《し》されている魔具《まぐ》なんです。要塞《ようさい》のいたるところに、注意書きがあるじゃないですか。『魔《ま》法厳禁《ほうげんきん》』って。ペットも禁止《きんし》だというのに、魔具《まぐ》をペットにしてるなんて知られたら……。いいですか、魔具《まぐ》を見つけたときは、上の者に報告《ほうこく》し、魔法《まほう》をとりのぞいてもらわなくてはならない決まりです！」

「この子は、魔具《まぐ》じゃないと思うわ。ちょっと曲がりやすいだけで……」

「魔具《まぐ》に決まってるじゃないですか！　ふつうのスプーンは、なでてもらいたいからって、ピョンピョン飛びはねたりしません。おとなしく口に運ばれるものです。その子を見てください。ぼくにおじぎをしてるじゃないですか！」

「ほんとだ。いい子ねえ」

ボドキンは、深いため息をついた。

「姫《ひめ》さまは、いい子じゃありませんけどね。次から次へと規則《きそく》をやぶって、何から正せばいいのか、さっぱりわかりませんよ。で、そのスプーンは、どこで見つけたんです？」

「ある日、とつぜん、ネズミみたいにわたしの部屋にあらわれたのよ。ミルクをあげたら、なついちゃって。この子が来るまで、ひとりぼっちでちょっとさびしかったから、うれしいわ。ボドキンは、さびしいと思ったことはない？」

「そりゃ、ありますよ。テストでいい点をとったおかげで、王女つきの護衛《ごえい》見習いになれたのはいいですが、ほかの見習いたちに『うぬぼれるな』といじめられ、口もきいてもらえないんです。それに……ん、ちょっと待ってください、ぼくの話は、どうでもいいんです！　何がいいたいかというと、この要塞《ようさい》で魔法《まほう》にかかったものを見つけたら、ただちにサイコラクス女王にご報告《ほうこく》申しあげ、魔法《まほう》をといてもらわなくてはなりません。ペットにするなんて、もってのほかです」

サイコラクス女王と聞いて、スプーンはふらふらとたおれかけ、ウィッシュのよろいの下に飛びこんだ。ひょっこり出した丸い顔は、魔法《まほう》の光で、ぼうっとあやしげにかがやいている。

この子が来るまで、ひとりぼっちで
ちょっとさびしかったから・・・

「ほら、おびえちゃったわ！　それにこの子は、魔法《まほう》をとかれたくないんじゃないかな」

「痛《いた》みはございませんので、ご安心を」

「でも、いやなものはいやなのよ」

「わかりました」ボドキンは、決心したように腕《うで》を組んだ。「そこまでおっしゃるなら、スプーンを自然に返すしかありません。魔《ま》法《ほう》がはびこる、このおそろしい森こそが、その子の居場所《いばしょ》なんです。なかまがいるでしょうから。姫《ひめ》さま、ここはぜひともいうことを聞いていただきますよ。ぜったいに要塞《ようさい》へつれて帰ってはなりません。ペットとして飼《か》うなんて、とんでもない。規則違反《きそくいはん》です。見つかったら、たいへんなことになります」

ウィッシュは、しょんぼりした。

「でもね、わたし、この子に自分を重ねちゃうのよ。みんなとちがうところが、似《に》てるんだもの」

「そのスプーンがみんなとちがうのは、生きてるからですよ、姫《ひめ》さま。生きてるからです！」

「それに、わたしは、ひとりぼっちよ」ウィッシュはつづけた。「ボドキンとこのスプーンだけが、友だちなの。この子がいなくなったら、あなただけになっちゃう」

「厳密《げんみつ》に申しあげると、ぼくは友だちではありません。王女と家来が友だちになれないのは、規則《きそく》で決まっています」

「なら、なおさらよ。スプーンを手放したら、たったひとりの友だちをうしなっちゃうわ！」

「あのですね、ウィッシュ」ボドキンはイライラしすぎて、『姫《ひめ》さま』とよぶのをわすれてしまった。ここは、はっきりといったほうがよさそうだ。「あなたのことは、好きですよ。根は、いい子だと思います。でも、友だちができないのは、ちょっと変わっているからです。戦士社会では、変わり者は受けいれられません。ふつうになる努力をしてください。その第一歩として、魔法《まほう》のスプーンを手放しては、いかがでしょう？」

「でも、お母《かあ》さまだって持ってるのよ！　これは、魔具《まぐ》じゃなくて？」ウィッシュは、かざりのついた大きな剣《けん》をさやから引きぬいた。

ボドキンが、はっと息をのむ。

よくある剣《けん》とは、明らかにちがう。柄《え》には、古そうな文様――からまりあったアイビーややドリギなどの聖《せい》なる木の葉。
刃《は》の片面《かためん》には、むかしふうの装飾《そうしょく》文字で、こうほられていた。

かつて、この世には黒魔族《くろまぞく》がいた……

が、我《われ》が殺した

ウィッシュが剣《けん》をうらがえすと、反対側にはこうあった。

「その剣《けん》、どこからとってきたんですか?」ボドキンが、目を見開く。
「それがふしぎなのよね。きのうの午後、中庭に落ちてたの。だれのものでもなさそうだったから、拾ってきちゃった」
「今朝《けさ》、朝食の席で、『地下牢《ちかろう》からたいへん貴重《きちょう》な剣《けん》が消えた』と発表があったのを、お聞きにならなかったんですか? これが、その剣《けん》だとは思わなかったんですか?? ご自分のものではないものを拾って、そのまま持っているのは、どろぼうじゃないんですか???」

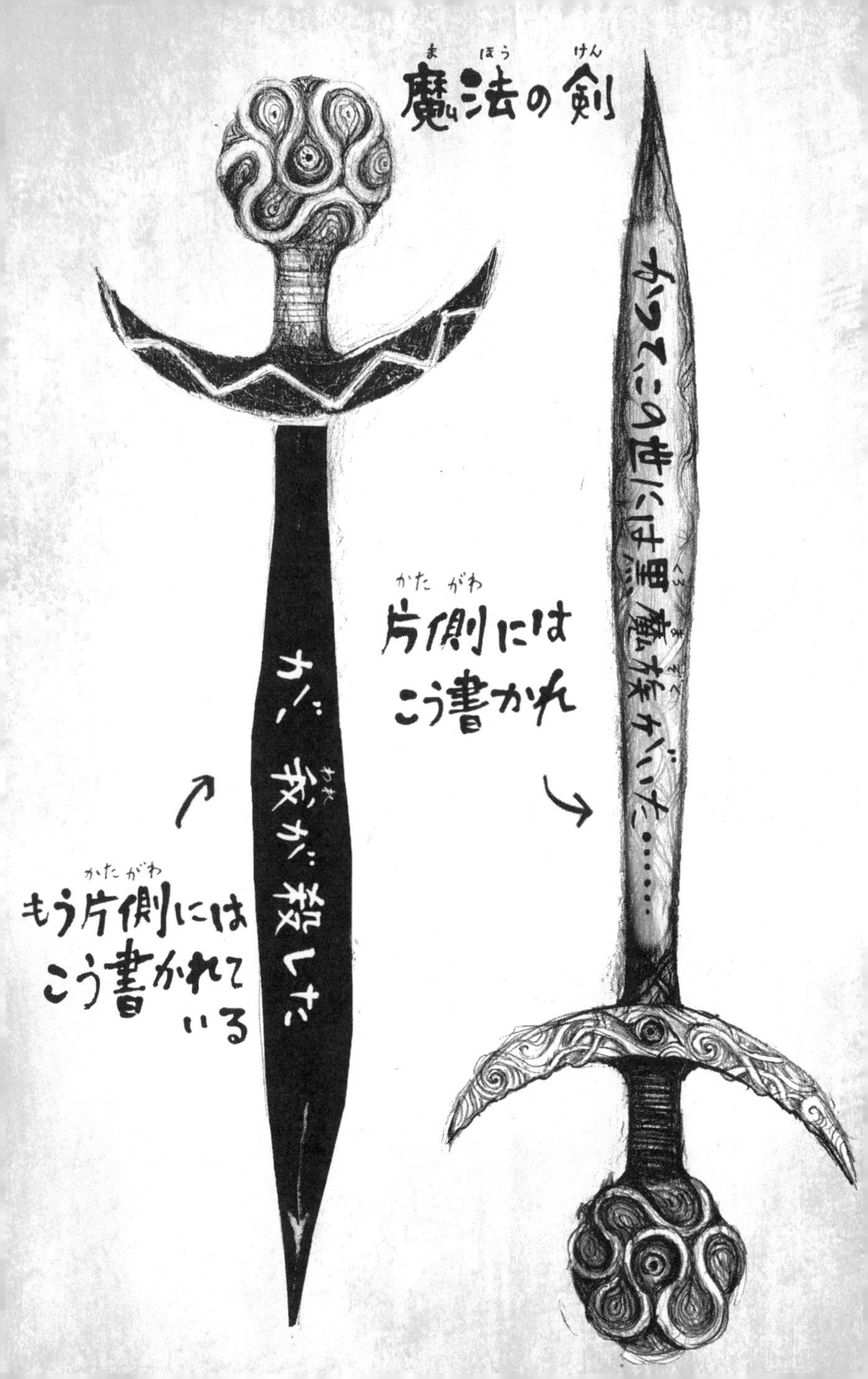
魔法《まほう》の剣《けん》
片側《かたがわ》には
こう書かれ
かつてこの世には黒《くろ》魔族《まぞく》がいた……
もう片側《かたがわ》には
こう書かれて
いる
が 我《われ》が殺した

「そうかな」ウィッシュは、剣《けん》をいとおしそうになでた。「ちょっとだけ自分のものにしておきたかっただけよ。わたしはこんなだけど、これは特別な感じがするんだもの。特別なものを持っていると、ワクワクするでしょう?」

「しません! そういう考えが、危険《きけん》なんです! 王室守衛《しゅえい》が、要塞《ようさい》じゅうを血まなこになってさがしてる剣《けん》を、姫《ひめ》さまがぬすんだとは!」

「ぬすんでないわ。借りただけよ。ちょうど返そうと思ってたときに、ボドキンがスプーンちゃんをこわがらせたんじゃない。それに、わたしたちふたりだけでダークウッズに行くのなら、身を守るための特別な武器《ぶき》が必要だと思ったの。わたし、これが魔法《まほう》の剣《けん》だという気がしてならないわ。お母《かあ》さまだって、魔具《まぐ》を持っているんですもの、スプーンくらい何よ」

「サイコラクス女王さまは、何も、その剣《けん》をペットとしてお飼《か》いになっているのではございません」ボドキンは、細長い腕《うで》を左右にふった。「ペットを地下牢《ちかろう》にとじこめる人がいますか? その剣《けん》は危険《きけん》だから、とじこめられたんです!」

ウィッシュの剣《けん》を見る目に、不安がよぎった。まるで、たった今、たいへんなことに気づいたかのようだ。

「そ、そうね……。考えてみたら、そうかもしれない。お母《かあ》さまらしくないとは、思ったのよ。『魔《ま》』のつくものは、なんでもおきらいだもの、ね？」

「十三年間、どこで何をしていたんですか？　要塞《ようさい》じゅうに注意書きがあるじゃないですか！　女王さまは、魔法《まほう》を毛ぎらいしていらっしゃいます。にくんでおられる、といってもいいでしょう。森からあらゆる魔法《まほう》を消しさるまで戦いつづける、とおっしゃっているんですよ！」

ウィッシュは、眉《まゆ》をひそめた。

「悪い魔法《まほう》があるからって、全部の魔法《まほう》が悪いとは、いえないいんじゃないかしら？　理解《りかい》できないわ」

「理解《りかい》できなくて、いいんです！」ボドキンが、歯ぎしりをする。「あなたは、戦士なんですよ！　理解《りかい》できようとできまいと、規則《きそく》を守ってさえいればいいんです」

ウィッシュは、たちまちしゅんとした。ウィッシュの頭に乗っていたスプーンも、いっしょにうなだれる。

「そうよね。また、へまをしちゃったわ」

「しちゃいましたね」ボドキンはそういうと、あわてて「姫《ひめ》さま」とつけたした。気が動転し、『王室での口のきき方』をすっかりわすれていた。

これがまさに、ウィッシュのこまったところだった。いっしょにいる人まで、気づかないうちに規則《きそく》をやぶってしまう。

「このことを知ったら、お母《かあ》さまは、かんかんになって怒《おこ》るわよね？」ウィッシュは、さらにしゅんとした。

「それはもう、かんかんに」想像《そうぞう》するだけで、体がふるえる。

「わたしって、どうしていつもこうなんだろう。どうしたらいいのかしら？」

ボドキンは、ほっと胸《むね》をなでおろした。ようやく、話が通じたようだ。

「そんな悲しい顔をしないでください。まだ間に合います」ボドキンは、ウィッシュの肩《かた》をやさしくぽんぽんとたたいた。「悪気があったわけじゃないんですから。しかし、まず

は、そのスプーンを森にはなしましょう。それからすぐに要塞《ようさい》にもどり、剣《けん》を女王さまに返すのです。もう二度とこんなことはしないで、戦士族の姫《ひめ》にふさわしい——ん？　今のは、なんです？」

ふいに頭上で音がした。何かが木に当たって、枝《えだ》が折れたような音だった。

話に夢中《むちゅう》になりすぎ

てわすれていたが、ここは、豪華《ごうか》な夕食が待っている安全な鉄要塞《てつようさい》の中ではない。

夜のダークウッズなのだ。

ふたりは、ようやく、何かの気配《けはい》に気づいた。

この章のはじめに、邪悪《じゃあく》で危険《きけん》な何かが、木の上からひっそりとふたりを見つめている、とあったのをおぼえているだろうか。

ウィッシュの背中《せなか》につめたいものが走り、うなじの毛がハリネズミのようにさかだった。

あたりをきょろきょろと見回す。だが、ゴブリンのふしくれだった手のような枝《えだ》をつけた黒い木々が、静かにたたずんでいるだけだ。

上を見ても、とくに何も見えなかった。暗くてぶきみな濃《こ》い霧《きり》が立ちこめているのはわかる。だが、その霧《きり》の中心から、今まで感じたことのないような冷気がただよってきた。

北の海の底よりも、つららよりも、火星にある極冠《きょっかん》よりも、そして、死よりもつめたい。

その冷気は、ウィッシュのよろいの下にすべりこみ、死の影《かげ》のように骨《ほね》にしみいった。

冷気がわらっている……。

ウィッシュは、かぶとの眉庇《まびさし》を下げ、顔をおおった。

スプーンが、ウィッシュの頭の上へはねあがり、あたりをくんくんとかぐ。と、殺気のようなものを感じたのか、ふいに身をかたくし、ふたたびウィッシュのよろいの下へと飛びこんだ。

「軍馬ちゃん、走って！」ウィッシュが、金切り声を上げる。軍馬は、もうくたくただったが、びくっと飛びはねると、よろめきながら走りだした。

はたから見たら、頭がおかしくなったとしか思えなかっただろう。というのも、追いかけられてもいないのに、にげているようにしか見えなかったからだ。

だが、ぶきみな気配《けはい》がするのは、まちがいなかった。

見上げても、そこには、暗い夜空と星と木のこずえしかない。だが、何かが、枝《えだ》を不自然にしならせている。

つめたい風が、ウィッシュの頬《ほお》をさす。軍馬がスピードを上げると、風が聞いたこともないような、きみょうな音を立てて追いかけてきた。

「ほらね、ボドキン、剣《けん》を持ってきてよかったでしょ？　必要になると思ったのよ」ウィッシュは、息を切らしながら、自分を落ちつかせるようにいった。

「よかった？　よかったですって？　本当だったら、今ごろ、要塞《ようさい》の食堂で夕食をのんびりといただいているところですよ。今日《きょう》のメニューは、大好物《だいこうぶつ》のシカバーガーだったんですから。おまけに、この軍馬ときたら道をまちがえています！　要塞《ようさい》は、逆方行《ぎゃくほうこう》です！」

だが、追いかけてくる何かは、ウィッシュたちが要塞《ようさい》へ帰るのをはばむかのように、森の奥《おく》へ奥《おく》へと追いたてていく。

「だれかがすぐに、ぼくたちのいないことに気づいてくれますよね？」ボドキンは、弓に矢をかけて、次から次へとめちゃくちゃに射《い》った。もともとへただが、敵《てき》が見えないのでは話にならない。「捜索隊《そうさくたい》が来ますよね？」

「ざんねんだけど、来ないと思う」ウィッシュは、追いかけてくるものの正体を知ろうと、暗闇《くらやみ》に目をこらした。「来るとしても、あしたの朝だわ。お母《かあ》さまに、『頭痛《ずつう》がするから早く寝《ね》る』っていっちゃったもの」

「すばらしい。じつにすばらしい。そういわれれば、ぼくも頭痛《ずつう》がしてきましたよ。でも、ご心配なく。姫《ひめ》さま、ご心配なく。姫《ひめ》さまを守るのが、ぼくの仕事ですから……」

ウィッシュは、するどい音を立てて近づいてくる何かに向かって、スプーンをふりまわし、声をはりあげた。

「だれだか知らないけど、追いかけてこないで！　わたしたちには、魔法《まほう》のスプーンがあるんだぞ！」

変わった姫《ひめ》だが、勇気はある。

「魔法《まほう》の剣《けん》とおっしゃってください、姫《ひめ》さま」ボドキンは、真《ま》っ青《さお》なくちびるをふるわせて、ぼそりといった。「そのほうが、こわそうですよ」

「魔法《まほう》の剣《けん》もあるんだぞ！」ウィッシュは、剣《けん》を持つ右手とスプーンを持つ左手をふりあげた。「この剣《けん》は、ものすごく危険《きけん》で、お母《かあ》さまの地下牢《ちかろう》にとじこめられていたのよ！」

ところが、この言葉にあおられたのか、風は腹《はら》をすかせたけだもののような声を上げ、ますますいきおいよくふきあれた。

「おそれてはなりませぬ、姫《ひめ》さま！」そういうボドキンも、体がガタガタとふるえ、弓に矢をつがえるのさえ、ままならない。「たいへん危険《きけん》な状況《じょうきょう》ですが、かならずやお守りいたします。ぼくは、上級護衛術《ごえいじゅつ》の授業《じゅぎょう》で最高の訓練を受け、王女つきの護衛《ごえい》見習いになったのですから！」

だれだか知らないけど、
追いかけてこないで！
わたしたちには、魔《ま》法《ほう》のスプーンがあるんだぞ！

ところが、この危機《きき》的《てき》な状況《じょうきょう》の中、ボドキンには護衛《ごえい》としての決定的な欠陥《けっかん》があることが明らかになった。危険《きけん》がさしせまると、意識《いしき》をうしない、ねむりこけてしまうのだ。

ボドキンは、先ほどのかっこいいセリフを最後までなんとかいいきったところで、姫《ひめ》の肩《かた》によりかかり、グーグーといびきをかきはじめた。

「ボドキン！　何してるの？」ウィッシュが、悲鳴を上げる。

グーグーグー。

「今すぐ、起きて！」

ボドキンは、はっと目をさました。

「ここはどこ？　いったい、何があったんですか？」

「ダークウッズよ……追いかけられてるの……おそろしい何かに……上級護衛術《ごえいじゅつ》で……訓練を受けたんでしょう？」

「そのとおり！　ぼくは、こういう生きるか死ぬかの瀬戸際《せとぎわ》に対応《たいおう》できるよう、みっちり

訓練を受けたんです」ボドキンは、矢を弓につがえた。が、弓を引いたところでまた気絶《きぜつ》し、あろうことか軍馬のおしりを射《い》ってしまった。

軍馬はヒヒーンといななき、さらにスピードを上げて、真っ暗な森をつきすすんだ。

ウィッシュの心臓《しんぞう》が、ウサギのように飛びはねる。やぶに服をずたずたに引きさかれても、足に大きな傷《きず》がついても、気にしてはいられなかった。

ほどなく、小川に行きあたった。とげだらけのやぶをかきわけ、川に入る。水は氷のようにつめたく、やけどをしたときのようにひりっとした。だが、あの何かが、においをたよりに追いかけているのであれば、ここであきらめるかもしれない。

軍馬は小川をわたり、反対側の岸に上がると、ふたたび暗闇《くらやみ》をかけだした。

ああ、ヤドリギの神さま。ウィッシュは思った。なんてことをしてしまったのだろう。

魔法《まほう》が禁止《きんし》されているのには、理由があったのだ。

日ぐれあとの外出が禁止《きんし》されているのには、理由があったのだ。

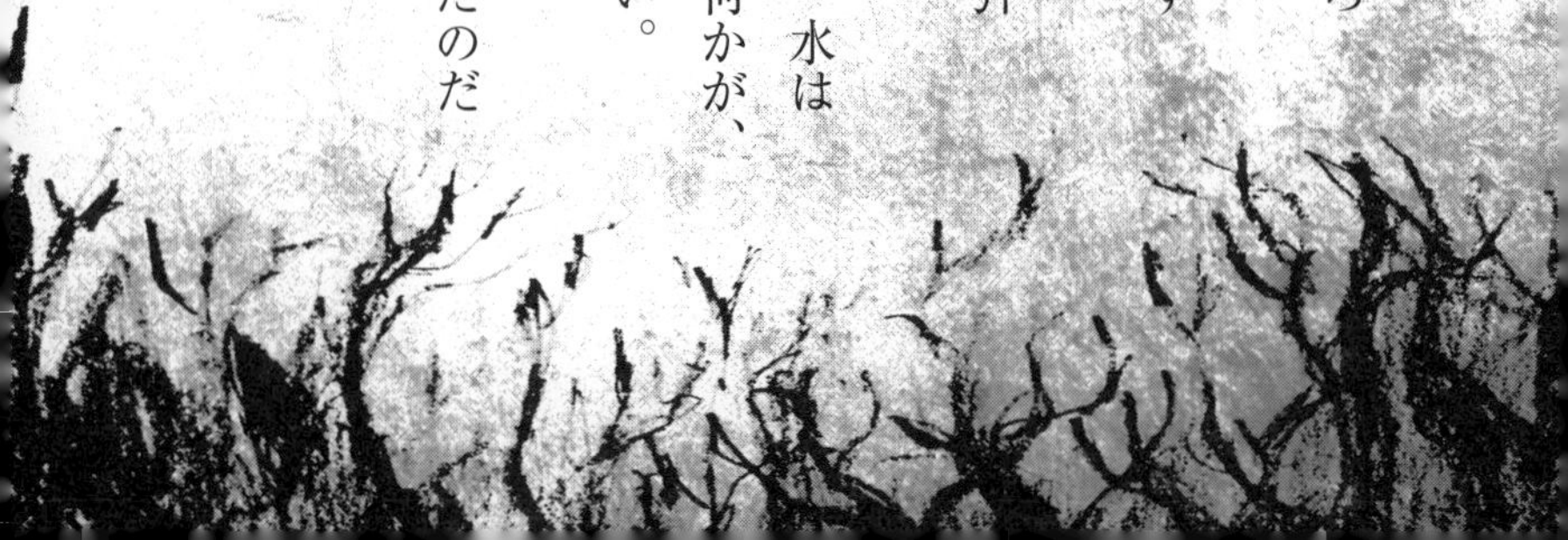

鉄要塞《てつようさい》があれほど堅固《けんご》につくられているのには、理由があったのだ。

ドキドキしすぎて、胸《むね》がはちきれそうだ。

「もっと速く！　もっと速く！」

息もまともに吸《す》えない。

ふいに、開けたところに出た。

ぶきみな風は、さらにはげしくふきあれた。するどい刃《は》で石を引っかくような音が、攻撃《こうげき》にそなえるかのごとく、どんどん大きくなっていく。

キィーーーーーーー！

空気を引きさくような、耳をつんざく音がひびきわたった。

ウィッシュは、おそれおののきながらも、剣《けん》をにぎる手に力をこめ、ふりかえった。

と、そのとき、どこからか、人のさけび声が聞こえた。

それからは、あっという間《ま》のできごとだった。

3 光る羽根

「あのー。いつまで、こうしてればいいんだっけ？　もうずいぶん、たってるけど」ラッシュがいった。雪でおおいかくした落《お》とし穴《あな》のそばで、けがをして動けないふりをずっとつづけているのだ。

「もっと必死に『助けて』とさけべ」ザーが、すぐそばの木の陰《かげ》から、えらそうに指図《さしず》した。

「なんなら、あたしがヒトカミして、血を出してアゲましょうか？　コノコ、なかなかオイシソウ」妖精《ようせい》のティフィンが、小さなきばをきらりと見せる。

「え、えんりょしとくよ」ラッシュは、あわてていった。「ねえ、ザー、みんながいってたとおり、黒魔《くろま》なんかいないんじゃないかな……。それに夜も、もうおそいよ。ほんとのところ、ぼくは、黒魔《くろま》より戦士のほうがこわいよ」

「心配するな。何か問題があったら、クラッシャーが教えてくれる。だよなっ、クラッシ

ャー?」ザーは、巨人《きょじん》に聞こえるように声をはりあげた。

クラッシャーの役目は、黒魔《くろま》が落《お》とし穴《あな》にはまったとき、ロープを思いきり引っぱって穴《あな》にしこんだ網《あみ》の口をとじることだ。

「ふむ……。じつのところ、問題はあるのである」クラッシャーが、考えこんだようすで答えた。

ところが、巨人《きょじん》の顔は、地面からあまりに高いところにあり、おまけにあまりにゆっくりと話すので、ザーには聞きとれなかった(巨人族《きょじんぞく》の時間の流れは、ほかの生き物とだいぶちがうのだ)。

とはいえ、それは、たいしたことではなかった。どのみちザーは、聞く気などなかったし、クラッシャーの考える問題とザーの考える問題には、かなりの食いちがいがあったからだ。

巨人《きょじん》はのろのろとしゃべるから、頭もとろいと思っている人がいるが、それは大まちがいだ。体も大きければ、考えることも大きい。中でもクラッシャーは、知恵《ちえ》が深いことで知られるオオマタセイタカ種の巨人《きょじん》だった。

つまり、クラッシャーのいう問題とは、こうだった――今も宇宙《うちゅう》は、広がりつづけているが、その広がりには、終わりがあるのだろうか。それとも、永遠《えいえん》に広がりつづけるのだろうか……。

たしかに、スケールが大きい。大きすぎる。

かりに宇宙《うちゅう》が無限《むげん》であるならば、星々の数も無限《むげん》にあるであろう。ならば、宇宙《うちゅう》には、わがはいも、無限《むげん》に存在《そんざい》するのではあるまいか。それはいかにして可能《かのう》であり、どんな意味があるのか……。

興味深《きょうみぶか》い問題ではある。だが、クラッシャーは、宇宙《うちゅう》に思いをはせていたせいで、ロープをにぎっていることをわすれ、現実的《げんじつてき》な問題がせまっているのに気づかなかった。

ようするに、オオマタセイタカ種の巨人《きょじん》は、見はりに向かないのである。

ザーは、目をぎらぎらさせていった。

「ラッシュ、あともうちょっとがまんしてくれ……。黒魔《くろま》は、近くにいる。まちがいない。においがするんだ」

目をとじ、あたりのにおいをかぐ。

木の神さま、水の神さま、おねがいです……。神さまなら、魔法《まほう》に満ちた世界で、魔力《まりょく》を持たずに生きていくつらさをおわかりくださるはずだ。みんなにわらわれ、あわれに思われ……。このにおいが、本当に黒魔《くろま》のものでありますように。何がなんでも、魔力《まりょく》がほしい。父《とう》さんに、みとめてもらいたい。

とつぜん、妖精《ようせい》の子分たちが暗闇《くらやみ》から姿《すがた》をあらわし、目を真《ま》っ赤《か》に光らせながら、ザーの頭上を天使の輪のように飛びまわったかと思うと、スズメバチの大群《たいぐん》が立てる羽音のような声でいった。

「黒魔《くろま》ダ……黒魔《くろま》ダ……黒魔《くろま》ダ……」

「来るぞ、来るぞ！」ザーの血がさわぐ。「妖精《ようせい》たち、杖《つえ》を出せ！　矢を弓につがえろ。黒魔《くろま》が攻撃《こうげき》してくる！」

「してこないよ」ヘリオトロープは、ため息をついた。ザーの作戦にも、ザーにも、いいかげんうんざりだ。早く家《うち》に帰りたい。「黒魔族《くろまぞく》は、絶滅《ぜつめつ》したんだってば。みんな、そういってるよ」

だが、地面に横たわっているラッシュは、ふいに空気がつめたくなったのを感じた。

ザーが、はげますようにいう。

「ラッシュ、動くな！　いいぞ、その調子だ。いかにも弱ってる感じだ。これで、黒魔《くろま》は、まんまとだまされる。おい、クラッシャー、準備《じゅんび》はいいか？」

返事がない。

「クラッシャー！」

「はい？　なるほど、考え方を変えればいいのである！」クラッシャーは、木のこずえから下に顔を出した。その動作は、人間時間でいうと、カタツムリなみにゆっくりだったが、巨人《きょじん》時間にするとものすごい速さだった。それくらい、クラッシャーは、興奮《こうふん》していたのだ。「ふむ、宇宙《うちゅう》が有限《ゆうげん》であるとすれば……」

「クラッシャー！　そんな問題、今はどうでもいいだろ！　むずかしいことは考えるな、っていったじゃないか！」

巨人《きょじん》は、深く考えこむと、火のくすぶる森のように、頭からけむりをもくもくと出す。つまり、戦士やアクマノトイキや黒魔《くろま》といった敵《てき》がどんなに遠くにいたとしても、見つかってしまう危険《きけん》がある。

「黒魔《くろま》が来るぞ！」ザーの声に緊迫感《きんぱくかん》が満ちる。

「なんと！」クラッシャーは、はっと我《われ》に返ると、ロープを強くにぎりなおした。

このぬきさしならない状況《じょうきょう》で、ザーのベルトにぶらさがっている巨大《きょだい》な黒い羽根に目をやるものは、だれもいなかった。

だが、ひとりでも目を向けていたら、それが暗闇《くらやみ》で、ゆっくりとにぶく光りはじめたことに気づいただろう。

光る羽根。これには、科学的な説明がつくはずだ。

だが、羽根が鳥のものであるならば、それがどんなに大きくとも、光るはずはない……。

4　ワナにはまったもの

そのあとに起きたことは、ザーの視点《してん》から語ろう。

興奮《こうふん》にうちふるえながら、木の陰《かげ》で息をひそめていると、妖精《ようせい》たちが頭上をくるくると飛びまわり、声をますますはりあげた。

「黒魔《くろま》ダ黒魔《くろま》ダ黒魔《くろま》ダ黒魔《くろま》ダ！！！！！」

と、ひづめの音が聞こえ、月に照らされた空き地に、何かがものすごいいきおいでかけこんできた。ザーには見えなかったが、その何かは、頭上にもやもやした雲をたずさえ、上半身は人間、下半身は馬の、セントールのような体をしていた。

なんと気味の悪い怪物《かいぶつ》だろう。

地面に横たわっていたラッシュは、あまりの恐怖《きょうふ》に、かなしばりにあったように動けず、あやうくひかれそうになった。

キィーーーーーーーーー！

空気を引きさくような、耳をつんざく音。

ザーの思考は、停止した。想像《そうぞう》を絶《ぜっ》する悪臭《あくしゅう》がただよってくる。くさった死体と、カビだらけの卵《たまご》と、足をあらったことのない男が死んでから六週間たったようなにおい。それと同時に、五百ぴきのキツネが拷問《ごうもん》されたかのような悲鳴が、ひびきわたった。

何が起きたんだ？　かろうじて、そう考えることだけはできた。

ラッシュは頭をかかえ、小さなハリネズミみたいに体を丸めた。そんなことをして、とてつもないにおいと、とてつもない音を発する、とてつもない何かから、身を守れるとでも思っているのだろうか。

「クラッシャー！」ザーは、ふたたび巨人《きょじん》の名前をさけん

だ。

それから、すべては同時に起こった。

雲のような風のようなものが、うなり声をますますひびかす。その正体は？　本当に黒《くろ》魔《ま》なのだろうか。その何かが、金切り声を上げる。妖精《ようせい》たちは、いっせいに魔《ま》法玉《ほうだま》を杖《つえ》でうち、呪文《じゅもん》をさけんだ。空き地の真ん中めがけて、全速力で飛ぶホタルのような光線が放たれる。クラッシャーは、力のかぎりにロープを引っぱった。


ドッカーーーン！


大爆発《だいばくはつ》。

木の陰《かげ》にいたザーは、反射的《はんしゃてき》に身をふせた。

ふたたび、金切り声がひびきわたる。

正体不明の何かは、空き地をしばらく飛びまわると、断末魔《だんまつま》のさけび声を上げ、姿《すがた》を消した。大きくて、黒くて、つばさが生えていたように見えたが、気のせいだろうか。

あたりは、黒と緑のけむりにつつまれていた。ザーは、ゲホゲホとせきこみ、立ちあがった。空き地の真ん中に、落《お》とし穴《あな》にしこんだ黒魔狩《くろまが》り用の網《あみ》がぶらさがっている。クラッシャーが、その網《あみ》のロープをぜったいにはなすまいとばかりにつかんでいた。網《あみ》は、血のように赤くかがやく光につつまれ、その中で、何かが自由になろうと大あばれしていた。

今のは、なんだ？　ラッシュは、強烈《きょうれつ》なにおいにむせかえったが、まだ生きていることに感謝《かんしゃ》した。

「やったぞ」ザーは、木の陰《かげ》からよろよろと出ると、息をのんだ。自分の運のよさが信じられない。「ウソだろ。やったぞ！　作戦成功だ。黒魔《くろま》をつかまえたんだ。赤く光ってるのは、魔光《まこう》にちがいない。おい、妖精《ようせい》、攻撃《こうげき》するのはやめろ。そんなことをしてもむだだぞ」

妖精《ようせい》たちは、魔法《まほう》の火花を放って、魔光《まこう》をやぶろうとしていた。だが、真《ま》っ赤《か》な光は、ますます赤くなり、イバラのとげのような炎《ほのお》を散らしている。

ラッシュは、大あばれしている網《あみ》を見て、口をあんぐりと開《あ》けた。

「ヤドリギの神さまもびっくりだ！　ひょっとして、ザーは、ほんとに黒魔《くろま》をつかまえたの？　こりゃ、たいへんだ、早くにげなくっちゃ！」そして、スノーキャットによたよたとかけより、背中《せなか》にまたがると、いちもくさんににげていった。

ヘリオトロープとダーキッシュも、すぐさまあとにつづいた。三人は、もちろんザーも追いかけてくるものと思っていた。

だが、ザーは、そこにとどまった。生けどりにした黒魔《くろま》と森にのころうとする命知らずは、世界じゅうのどこをさがしても、ザーくらいだろう。

「ボス、すごーく、めちゃくちゃカッコイー。せかいいちのリーダーだじょー。デモ、つぎは、どうすんのー？」スクイジュースが、心配そうにきく。

さすがのザーも、こわくなった。だが、それを子分にさとられるくらいなら、死んだほうがマシだ。

「黒魔《くろま》を包囲しろ！」とザー。

妖精《ようせい》たちは、ぶつぶつと文句《もんく》をいいながらも、網《あみ》をとりかこんだ。ザーは、一歩ずつむりやり足を前に出し、近づいていった。手が冷《ひ》や汗《あせ》でじっとりとしめり、小鍋《こなべ》を落としそうになる。

　息のつまりそうなにおいは、まだ消えない。まるで、どろりとした硫《い》黄《おう》のスープの中を泳いでいるみたいだ。

　ザーは、網《あみ》の下まで行くと、見上げた。中のものが抵抗《ていこう》をやめた。網《あみ》はゆっくりとゆれている。右、左、右、左、右、左……。

　と、そのとき、思いがけないことに気づいた。網《あみ》の目から飛びだしているのは、どう見ても馬の足だ。

「うへー。黒魔《くろま》がセントールみたいな姿《すがた》をしてるとは、思ってもみなかった」ザーは、大きく息をはくと、ふるえる手で小鍋《こなべ》をふりまわし、できるだけ太い声を出した。「おい、

黒魔《くろま》、よく聞け！　バカなまねはするな。おまえは、包囲されている。こっちには、鉄の武器《ぶき》があるんだぞ！」

　短い沈黙《ちんもく》のあと、網《あみ》の中から、小さなおびえた声がした。

「わたしは黒魔《くろま》じゃないわ。黒魔《くろま》は絶滅《ぜつめつ》したはずよ。そんなの、だれでも知ってるわ。ねえ、どうして、こんなことをするの？　目的は何？」

「ふん。そうかんたんに、みとめるわけないよな。おれをだまそうったって、むだだぞ！」

「だまそうとなんか、してないわ」おびえた声が、怒《おこ》った声に変わった。「わたしの名前は、ウィッシュ。黒魔《くろま》じゃないわ。それに、もし黒魔《くろま》がいたとしても、緑色の体をしているはずでしょ？　血は酸性《さんせい》で、つばさが生えていて……」

　ふたたび沈黙《ちんもく》が流れる。

「なら、おまえは、なんだ？　その足を見ると、セントールの一種か？」

「ちがうわ。これは、わたしの馬の足よ。気絶《きぜつ》しちゃったみたい。お友だちのボドキンといっしょに森を走っていたら、とつぜん、何かに追いかけられて……それより、早くおろして！」

ちぇっ、なんだよ。黒魔《くろま》じゃないのか。まったく、おれは何をしてるんだか。けっきょく、兄《にい》さんが、正しかったってことか。一晩《ひとばん》まるまる、むだにしちまったじゃないか。「クラッシャー、その正体不明ちゃんをおろしてやれ」ザーは、がっくりと肩《かた》を落とし、ため息をついた。

クラッシャーは、網《あみ》をゆっくりとおろした。

馬は、気絶《きぜつ》したのではなく、ティフィンの放ったスヤスヤ光線に当たり、ぐっすりとねむっていた。地面におろされると、どさりとたおれ、いびきをかきつづけた。

網《あみ》には、人間もかかっていた。頭のてっぺんから足の先まで武装《ぶそう》した小柄《こがら》な人間が、馬のうしろからあらわれ、りっぱな剣《けん》をふりまわしながら外へはいだしてきた。そのうしろから、もうひとり、少しだけ背《せ》の高い、ほうきのようにやせた人間が、同じようにかんぺきに武装《ぶそう》した姿《すがた》で、よろよろと出てくる。このふたりはもちろん、ウィッシュとボドキン（背《せ》の低いほうがウィッシュで、高いほうがボドキン）だ。

ザーが戦士を見たのは、このときがはじめてだった。まさか、これから、このふたりと運命をともにするとは、思いもしなかっただろう。

ザーは、ふたりが胸当《むねあ》てをつけ、剣《けん》を手にしているのを見て、戦士だと確信《かくしん》した。戦士族といえば、魔法族《まほうぞく》の宿敵《しゅくてき》だと教えられている。

やったぜ！

黒魔《くろま》をつかまえたよろこびから一転、すっかり気落ちしていたザーにとって、決闘《けっとう》は、ちょうどいいうさばらしになる。それに、黒魔狩《くろまが》りは失敗したが、敵《てき》を殺せばじまんできるだろう。

「戦士め！」ザーは、ウィッシュとボドキンをにらみつけると、小鍋《こなべ》を持つ手に力をこめ、もう片方《かたほう》の手でオークの杖《つえ》をリュックから引きぬいた。

「戦士メ……戦士メ……戦士メ……」妖精《ようせい》の体が、怒《いか》りで真《ま》っ赤《か》になる。「コロセ……コロセ……」

「魔法使《まほうつか》いと手下たちだ！」ボドキンは、ザーたちを指さすと、ウィッシュの前に飛びだした。「ぼくたちをおそう気です！」

そのとおりだった。

ウィッシュは、顔をこわばらせ、目の前の敵《てき》たちを見た。怒《いか》りの火花を散らす、手足の長い妖精《ようせい》。うなり声を上げるオオカミ。きばをむきだすクマとスノーキャット。見上げると、バカでかい巨人《きょじん》。どう考えても不利だ。巨人《きょじん》は、人を食らうというし、妖精《ようせい》は、敵《てき》をゆっくりと死にいたらしめる魔法《まほう》を知っているという。スノーキャットは、その気さえあれば、相手をあっという間《ま》に八《や》つ裂《ざ》きにできるだろう。ウィッシュには、魔法《まほう》の剣《けん》があったが、うまく使える自信はなかった。ボドキンは、はっきりいって役に立たない。

絶体絶命《ぜったいぜつめい》だ。

「ご心配なく！　ぼくにおまかせを！」ボドキンは、いさましくさけぶと、槍《やり》をぬき、剣《けん》をふりあげた。

肩《かた》をいからせ、前へと進みでる。と、目の前に、見たこともないほど太い足があらわれた。視線《しせん》を上げると、そこには巨人《きょじん》のバカでかい顔。ボドキンは、剣《けん》をふりあげたままパ

チパチと二度まばたきすると、まぶたをとじ、切りたおされた木のように、ばたりとうしろにたおれた。ボドキンは、口をあんぐりと開《あ》けたまま、気絶《きぜつ》してしまったのだ。

ザーは、地面にたおれたボドキンを見て、あっけにとられた。

これは、新手《あらて》の戦法か？

「スノーキャット、オオカミ！　おれにつけ！」

子分たちは毛をさかだて、いつでも飛びかかれる態勢《たいせい》をとりながら、ボスのまわりをゆっくりとまわった。

「クマ！　たおれたやつから目をはなすな。ワナかもしれない！」

クマは、巨大《きょだい》な前足でボドキンの胸《むね》をおさえ、

その上にどすんとすわった。

「妖精《ようせい》は、手を出すな！　にっくき戦士どもに、魔法族《まほうぞく》の強さを見せてやる！」ザーは、片方《かたほう》の手に小鍋《こなべ》を、もう片方《かたほう》の手に杖《つえ》を持って、ウィッシュに突進《とっしん》した。

ウィッシュは、ザーの攻撃《こうげき》を魔法《まほう》の剣《けん》でふせいだ。

一騎打《いっきう》ちが始まった。

魔法《まほう》の剣《けん》を手にしたウィッシュは、ふつうの剣《けん》を使ったときとは、くらべものにならないくらいうまく戦えた。剣《けん》が、小鍋《こなべ》の一《いち》撃《げき》や杖《つえ》のひとつきを予測して、ひとりでに動いてくれるからだ。ウィッシュは、野牛のしっぽにつかまっているかのごと

くふりまわされたが、両手で剣《けん》をにぎりしめ、何がなんでもはなすまいとした。

カリバーンは、おそれおののき、ふたりの頭上をまいながら、かん高い声でさけんだ。

「ザー、それは魔法《まほう》の剣《けん》じゃ！　ふれてはならん！　おそろしく危険《きけん》じゃ！」

「魔法《まほう》の剣《けん》だって？　まさか！」

なんで戦士が魔法《まほう》の剣《けん》を持ってるんだ？　戦士族が魔具《まぐ》をうまくあつかえっこない。

魔法《まほう》の剣《けん》が、飛びかかってくる。ザーは、なんとか攻撃《こうげき》をふせいだが、杖《つえ》と小鍋《こなべ》が手からはじきとばされ、茂《しげ》みの中へと消えた。

「降参《こうさん》？」ウィッシュが、ザーの頭上に剣《けん》をふりかざす。

「ああ」ザーは、歯ぎしりをした。

「だまされてはなりません！　魔法使《まほうつか》いは、ウソつきと決まっています！」クマの下じきになったボドキンが、意識《いしき》をとりもどしてさけんだ。

だがウィッシュは、ふーっと息をはくと、一歩下がって剣《けん》をおろした。

それがまちがいだった。ボドキンのいうとおり、ザーを信用してはいけなかったのだ。

「キングキャット！　ナイトアイ！　今だ、おそえ！」ザーはどなった。

キングキャットが飛びかかり、ウィッシュをおしたおす。その衝撃《しょうげき》で、魔法《まほう》の剣《けん》が、手からはじき落とされた。ウィッシュの手をはなれた剣《けん》は、たちまち魔力《まりょく》をうしない、どこにでもある剣《けん》と同じようにつめたく、命なく、森の地面に転がった。

ザーが、剣《けん》を拾いあげる。

体重四百キロのキングキャットは、ウィッシュをおさえつけ、かぶとをかんだ。クルミわりでわられたクルミのように、かぶとがふたつにパカッとわれ、片目《かため》に眼帯《がんたい》をつけた小さな顔があらわれる。

「子どもかよ⁉」ザーは、目を丸くした。

妖精《ようせい》たちは、いっせいにケタケタとわらい声を上げた。

「ザーったら、オンナノコに負けそうにナッタの？」

ウィッシュは、うなり声を上げるスノーキャットと、剣《けん》をふりかざす魔法使《まほうつか》いの少年を、代わる代わる見た。

「降参《こうさん》？」今度は、ザーがきいた。

5　ふたつの星の衝《しょう》突《とつ》

「降参《こうさん》するもんですか！　ひきょう者！」ウィッシュはさけんだ。

「魔法使《まほうつか》いが、戦士族のルールを守ってたまるか！」

「いんちき魔法使《まほうつか》い！」

「いんけん戦士！」

「呪《のろ》い魔《ま》！」

「森の破壊者《はかいしゃ》！」

「人食い族！」

「魔法《まほう》を目の敵《かたき》にしやがって！　おまえらなんか、人食いオオハイイロオーガに、食いちぎら

れちまえ！　ハエにたかるノミの目より細かくな！」

ザーもウィッシュもつかれはて、寒さにふるえていた。おまけに、はげしい一戦を交えたばかりだ。よくあることだが、恐怖《きょうふ》は怒《いか》りに変わり、あっという間《ま》にののしり合いが始まったのだった。といっても、魔法族《まほうぞく》と戦士族の仲の悪さは、今に始まったことではない。何百年も前、戦士族が海の向こうからマジックウッズに侵略《しんりゃく》してきたときまでさかのぼる。

ザーは、怒《いか》りで顔を真《ま》っ赤《か》にし、ウィッシュの頭上に魔法《まほう》の剣《けん》をふりかざした。

ボドキンが、あわててさけぶ。

「やめろ！　このお方は、戦士族の女王サイコラクスさまのご令嬢《れいじょう》だ。姫《ひめ》を殺せば、その復讐《ふくしゅう》は世にもおそろしいものになると覚悟《かくご》しろ！」

ザーは、目をぱちくりさせて、ウィッシュを見つめた。

「サイコラクス女王の娘《むすめ》だって？　まさか！」

サイコラクス女王といえば、背《せ》が高く、残酷《ざんこく》で、容赦《ようしゃ》ないことで知られる伝説的な存在《そんざい》だ。このマッチ棒《ぼう》みたいな女の子が、あのおっかない女王の娘《むすめ》とは！

「サイコラクス女王のムスメ？　コロセコロセコロセ……」妖精《ようせい》たちは、ウィッシュにしのびより、呪《のろ》いの矢を弓につがえると、ザーの「放て！」というひとことを待った。

ふだんから、ザーは、「敵《てき》に出くわしたら、その場で殺す」と大口をたたいている。いうのは、かんたんだからだ。

だが、じっさいに、自分と同じくらいの年の女の子を、ひきょうな手でうばいとった剣《けん》で殺すとなると、話はべつだ。しかも、その子ときたら、強がってはいるが、まちがいなくおびえている。ザーには、できなかった。

ご先祖《せんぞ》さまなら、やるだろう。兄《にい》さんなら、ためらわないはずだ。ザーは、自分がつくづくなさけなくなった。

どうしたらいいんだ……。

ためらっていると、スプーンらしきものが、つついたりたたいたりしてきた。

「クマをどかしてくれたら、わたしも、そのスプーンをよびもどすわ」ウィッシュが、ふるえる声でいう。

ザーは剣《けん》をおろし、クマにボドキンをはなすよう合図した。クマは、不満げに鼻を鳴らし、妖精《ようせい》たちは、がっかりした声を上げた。魔法《まほう》のスプーンは、ザーの頭をたたくのをや

め、もうしわけなさそうに小さく頭を下げると、ウィッシュのところへピョンピョンともどった。

魔法使《まほうつか》いの少年と戦士の少女は、敵意《てきい》とうたがいの目をたがいに向けながらも、好奇心《こうきしん》がわきでるのをおさえられなかった。

「わたしはウィッシュ。戦士族の女王サイコラクスの娘《むすめ》よ。こちらは、護衛《ごえい》見習いのボドキン。あなたは?」

「おれはザー。魔法族《まほうぞく》エンカンゾ王の息子だ。こいつらは、おれのなかま。オオカミにクマ。スノーキャットは三頭いて、名前はキングキャット、ナイトアイ、フォレストハートだ。で、このカラスは、カリバーン。巨人《きょじん》の名前

は、クラッシャーだ。それから、妖精《ようせい》のアリエルにマスタード、ティフィンにヒンキーにタイムロス」

妖精《ようせい》たちは、おどすように火花を散らしながら、ウィッシュとボドキンの間を飛びまわった。

「おいらたち、わすれてるじょー」とスクイジュース。

「そうだった！　こいつらも妖精《ようせい》だけど、まだおさないから、モジャモジャの精《せい》ってよばれてる。バンブルブーズルに、赤んぼうのベイビー、それから——」

「おいらは、スクイジュースだじょー」

とつぜん耳のすぐそばで声がして、ボドキンは、あわてて手ではらいのけた。

一方、ウィッシュは、ザーのなかまたち——とりわけ妖精《ようせい》——をうっとりと見つめ、ため息をもらした。なんてすてきななかまがいるんだろう。そして、スクイジュースと名乗った、毛がマルハナバチみたいにふわふわの妖精《ようせい》に思わず手をのばした。

と、いきなりかみつかれた。

「まあ！」ウィッシュは、指を吸《す》った。「妖精《ようせい》って、思ってたより気が強いのね。あらっぽいっていうか……。わたし、きらわれてるみたい」
「あたりまえだろ、バーカ」とザー。「おまえのサイアクな母親は、妖精《ようせい》や巨人《きょじん》や小人を
ワナにかけてつかまえるんだぜ。つかまったやつは、二度と森へはもどってこない」
「でも、お母《かあ》さまは、殺しはしないわ。鉄要塞《てつようさい》の地下牢《ちかろう》に、マジックストーンという魔力《まりょく》
を吸《す》いとる岩があって、それにふれさせるだけで……」
ウィッシュの声が、だんだん小さくなった。ペットのスプーンから魔力《まりょく》をとりのぞくこ
とに、自分がどれだけ反対したかを思いだしたのだ。
「痛《いた》みは、まったくないんですよ」ボドキンが、あわててつけたす。
「ソンナコトして、コロシハシナイなんて、よくいえるわね」ティフィンがいった。「シ
ンゾウをえぐりとられたほうが、まだマシだわ。魔力《まりょく》をとりのぞかれたら、魂《たましい》をウシナッ
タも同然よ」
そのとおりだわ……ウィッシュは、頭がくらくらした。悲しくて、鼻の奥《おく》がつんとする。
「でも、魔法《まほう》は悪いものよ。呪《のろ》いに使われるんだから。それに、巨人《きょじん》は人間を食べるんで
しょう？　だからつかまえるんだって、お母《かあ》さまはいってたわ」

ザーとなかまたちは、そろってふきだした。

「だれが人間を食うって？」

ウィッシュは、おそるおそる巨人《きょじん》を見上げた。

次の瞬間《しゅんかん》、ボドキンは、真《ま》っ青《さお》になった。巨《きょ》人《じん》が身をかがめ、大きな手でウィッシュをすくいあげたからだ。

だが、ウィッシュは、少しもこわくなかった。巨人《きょじん》が、大きな手でゆっくりとやさしく、つつみこんでくれたからだ。木のてっぺんまで持ちあげられても、むしろワクワクするくらいだった。

「まわりを、そして下を見たまえ。大切なものが何か、わかるかね？」巨人《きょじん》がいった。

ウィッシュは、巨人《きょじん》の手の内から、あたりを見回した。今までとはまったくちがう視点《してん》

から見た世界に、目を見はる。木々がかぎりなく広がり、はてしない夜空に星がひしめきあっている。見下ろすと、ザーとボドキンは妖精《ようせい》のように小さく、妖精《ようせい》はちりのように小さい。ボドキンが、何かさけんでいるが――「姫《ひめ》さまをおろせ！」――ウィッシュの耳にはとどかない。この景色《けしき》を見てしまったら、ボドキンの心配など、ちっぽけで的はずれにしか思えなくなった。

「大切なもの……それは……森……星……」

「いかにも」巨人《きょじん》がほほえむ。「わがはいの目を見るのである。人間を食べるように見えるかね？」

巨人《きょじん》の顔には、大きなしわや小さなしわが無数にきざまれている。まるで、古い地図にえがきこまれた、入りくんだ道のようだ。まなざしは、深く温かかった。

「いいえ」ウィッシュは答えた。

「いかにも。巨人族《きょじんぞく》は、オーガとはことなり、草食なのだよ」クラッシャーは、いたずらっぽくわらうと、すぐそばの小木を引きぬいた。そして、今度はにんまりわらうと、巨大《きょだい》な口に放りこんだ。太い幹《みき》を小枝《こえだ》のようにパリパリとかみくだき、

うっとりという。「植物のほうが、消化にいいのである」

自分のじょうだんに、ほがらかにわらう巨人《きょじん》を見たとき、ウィッシュの心に最初のうたがいの種がまかれた——今まで魔法《まほう》について聞いてきたことは、本当なのだろうか？

「でも、クラッシャーという名前は、『うちまかす人』という意味でしょう？　あまりいい名前だとは思えないけれど」

「なあに、『困難《こんなん》をうちまかす』という意味がこめられているのである」巨人《きょじん》は、ウィッシュを地面にそっとおろした。

「ひ、姫《ひめ》さま、だ、だいじょうぶですか？」ボドキンが、心配そうにたずねる。

「もちろんよ。この巨人《きょじん》は、ぜったいに危険《きけん》じゃないわ」

はたして、戦士族は魔法《まほう》の世界をずっと誤解《ごかい》していたのだろうか？　ちがう視点《してん》から見れば、まったくべつの世界が見えてくる可能性《かのうせい》はあるのだろうか？

ウィッシュは、天地が引っくりかえるような感覚におそわれた。だれにでも、そういうときは、おとずれるものだ。

「姫《ひめ》さま、だまされてはなりません！」ボドキンがさけんだ。「きっと、ぼくたちに魔法《まほう》をかけたんです！　自分たちのつごうのいいように、ぼくらの心をあやつっているにちがいありません！」

一方、ザーはザーで、考えをめぐらせていた。

「戦士族は、魔法《まほう》をこの世から消しさろうとしてる……」手にしている魔法《まほう》の剣《けん》を見つめ、眉《まゆ》をひそめる。「なら、戦士族の姫《ひめ》が、魔具《まぐ》を持ってるなんて、ゆるされないんじゃないか？」

「そうなのです。ですから、姫《ひめ》さまには何度も忠告《ちゅうこく》したんです」とボドキン。

すると、カリバーンが、口をはさんだ。

「ザー、その魔法《まほう》の剣《けん》には、気をつけるのじゃ。何かがおかしい。このつばさで感じる」

剣《けん》の刃《は》に目をこらしていたザーは、カリバーンのいう「何か」がなんであるかに気づき、あやうく剣《けん》を落としかけた。

ふつうの剣《けん》とどこがちがうのか、何がおかしいのか。

「そうか！」ザーは、息をのんだ。「信じられない。こんなことって、あるか？　この剣《けん》のどこがおかしいか、わかったぞ！　鉄でできてるんだ。さっきのスプーンと同じように。

それなのに、魔力《まりょく》がある。つまり、鉄と魔法《まほう》がひとつになってるんだ！」

そんな！

まさか！

「ありえん！」カリバーンも、息をのんだ。

「どこで、この剣《けん》を手に入れた？」ザーは、刃《は》を引っくりかえしながらウィッシュにきいた。

「要塞《ようさい》の中庭で見つけたの。魔法《まほう》の剣《けん》だから、お母《かあ》さまの地下牢《ちかろう》から自力で脱出《だっしゅつ》したんだと思う」ウィッシュは、ことの重大さを思いだして、また気が重くなった。「だから、それは、あなたのものじゃない。お母《かあ》さまの剣《けん》よ。おねがいだから、今すぐ返して！」

ウィッシュが、剣《けん》をうばいかえそうとすると、ザーは、さっと飛びのいた。ふたりの間にナイトアイがすべりこみ、すさまじい声でうなる。ウィッシュは、手が出せなくなった。

「ん？　ちょっと待て。これはなんだ？」ザーは、剣《けん》の刃《は》にきざまれた文字に気づいた。

かつて、この世には黒魔族《くろまぞく》がいた……

ふれてはならん!!
ふれてはならん〜!!

ザーのうなじの毛が、さかだつ。

刃《は》をうらがえし、反対側も見る。

が、我《われ》が殺した

「殺した」という文字のあとに矢印がある。矢印は、剣先《けんさき》をしめし、その剣先《けんさき》で何かがぬらぬらと光っていた。

緑色の液体《えきたい》がひとしずく。

三人の目は、うっすらとけむりをあげる緑色のしずくに、くぎづけになった。

「ふれてはならん！」カリバーンの絶叫《ぜっきょう》がひびいた。

6 危《き》険《けん》なねがい

三人の子どもとカラス、妖精《ようせい》と動物たちは、緑色のしずくを見て、おそれおののいた。いや、正確《せいかく》にいうと、ザーだけはワクワクした。

「黒魔《くろま》の血だ！」ザーが、うれしそうにいう。

「何をいってるんですか。黒魔《くろま》は絶滅《ぜつめつ》したはずです！」ボドキンは、いちおういいかえしたが、七つの堀《ほり》にかこまれた小高い丘《おか》の要塞《ようさい》にいるわけではないので、少し腰《こし》が引けていた。

闇《やみ》につつまれたダークウッズは死んだように静かで、曲がりくねった枝《えだ》にはヘアアイス（妖精語《ようせいご》で、氷点下になると森じゅうをおおう毛のような氷のこと）がびっしりとくっついている。こんな場所にいると、ひょっとしてひょっとすると、黒魔《くろま》はいるのではないかと思えてくる……。

「これは、黒魔殺《くろまごろ》しの剣《けん》だ」とザー。「ほら、刃《は》にそう書いてある。きっと、黒魔《くろま》がよみがえったのを感じて、こうやって戦士族の要塞《ようさい》から出てきたんだ」

「ありえませんよ……」

ボドキンがそういうと、ウィッシュが、ためらいがちにあとをつづけた。

「そういえば、わたしとボドキンは、ザーのワナにかかるまで、何かに追いかけられていたの。その何かを、剣《けん》で切りつけてしまったような気がする」

「黒魔《くろま》に追いかけられてたんだ。これは、黒魔《くろま》の血だ」

「緑色の血をした生き物なんて、いくらでもいますよ！」とボドキン。「キャットモンスターに、グリーンゴブリンにグリーンオーガ。黒魔《くろま》のわけがありません。絶滅《ぜつめつ》したんですから！」

「絶滅《ぜつめつ》したと、信じられているだけじゃ」カリバーンが正す。

「それが、してなかったってわけだ」ザーは、空き地の真ん中を指さした。

ワナのすぐそばに、ザーの持っているものとはべつの黒い羽根が落ちていた。カラスの羽根に似《に》ているが、ずっと大きい。

ザーは、それを拾いあげた。と、ベルトにさしていたもう一片《いっぺん》の羽根もろとも、にぶく緑色に光りはじめた。不吉《ふきつ》な魔力《まりょく》を感じずにはいられない。ためしに羽根を剣先《けんさき》に近づけるると、緑色の血もぼうっとかがやいた。ホタルの光に似《に》ているが、もっとぶきみだ。

「やっぱり黒魔《くろま》だ！」ザーが、にやりとわらう。

こわいくらいの静けさが広がった。

黒魔《くろま》が、この森で、よみがえったというのか。

地球上に誕生《たんじょう》した生物の中でもっともおそろしいやつらが、復活《ふっかつ》したとしたら……。

ふだんはいがみあっている魔法族《まほうぞく》と戦士族も、このときばかりは、思わず身をよせあった。今、三人は同じものをおそれている——暗い森にひそんでいるかもしれない何かを。

「まさかとは思うが、万が一、それが黒魔《くろま》の血だとすれば、たったひとしずくでも、きわめて危険《きけん》じゃ」カリバーンがわななく。「ザー、犠牲者《ぎせいしゃ》が出る前に、木の皮でふきとれ」

「だれが、そんなもったいないことするか。『ウィッシュ』なんて名前の子がワナにかかったのには、理由があるはずだ。偶然《ぐうぜん》だとは思えないね。魔法《まほう》がほしいとねがったら、『ねがい』っていう意味の名の子がやってきた。もうすぐかなうという天のおつげだ！」

「おつげは、何かべつのことを伝えようとしているのかもしれん！　天のご意思《いし》は、わかりにくいのじゃ。おまえをためしておるのではないかね？　そのバカげたねがいを、いさめているとも考えられる」

　カリバーンの必死の忠告《ちゅうこく》を、ザーは聞こうともしなかった。

　ザーが黒魔《くろま》の魔力《まりょく》を手にするのは、もはやさけられない運命なのだろうか。

「ザー、血にふれてはならん！」心配のあまり、カリバーンの体から、羽根が黒い雨のようにぬけおちた。

「サワルナ……サワルナ……サワルナ……」妖精《ようせい》たちが、声をそろえる。

だが、ザーは、右のてのひらを開くと、緑色の血がにぶくかがやく剣先《けんさき》をぐっとおしあてた。血の線が一本。そして、もう一本。自分の名前ザー《XAR》の頭文字「X《エックス》」をきざむ。

その瞬間《しゅんかん》、ザーの運命は大きく舵《かじ》を切った。たやすくは、軌道修正《きどうしゅうせい》できない道へと。

「やめるのじゃーーーーーー！！！」カリバーンが絶叫《ぜっきょう》した。

だが、おそい。

もう……手おくれだ。

剣先《けんさき》が、ザーのてのひらに「X《エックス》」をきざみおえた瞬間《しゅんかん》……

……ザーは、あまりの痛《いた》さに悲鳴を上げ、手をおさえてうずくまった。

「なんたることを！」カリバーンが、目をおおっていたつばさをどける。

ザーは、すっくと立ちあがった。体はガタガタとふるえているが、目は異様《いよう》な光を放っている。

「もうおそい」ザーは、にやりとわらうと、焼きつくように痛《いた》むてのひらをみんなに見せつけた。黒魔《くろま》の血と自分の血が混《ま》ぜあわさってできた、X《エックス》形の傷《きず》。

悪《あ》しき星どうしが出会い……世界が衝《しょう》突《とつ》するとき……そこに「X《エックス》」があらわれる。

「どうして、そんなことしたの？」とウィ

もうおそい…　そこに「X《エックス》」があらわれた。

ツシュ。

「黒魔《くろま》の血をもらえば、魔法《まほう》が使えるようになるからだ」ザーは、自信たっぷりに答えた。

「ほんとに？」

「なんという、あさはかなことを！」カリバーンがいった。「おまえは、何も考えておらん。その緑色のものが、黒魔《くろま》の血ではないことをいのるばかりじゃ。よいか、黒《くろ》魔《ま》の血ほど、危険《きけん》なものはないのだぞ。魔法《まほう》が使えるようになったとて、心が悪にそまってしまったら元も子もないではないか。おまえが黒魔《くろま》のような存在《そんざい》になりはてれば、お父上は、

王の座《ざ》を追われ……」

ただでさえ心配性《しんぱいしょう》のカリバーンの頭には、悪いことばかりがうかんだ。だが、ふいに思いなおして、少しだけ元気をとりもどした。

「いや、しかし、黒魔《くろま》の血ではない可能性《かのうせい》のほうが、はるかに高い。マジックウッズには、緑の血をした生き物が、ごまんとおるではないか。それがオオカミ人間の血であるならば、オオカミ人間になるだけのこと」

「げっ。それは、考えてなかった」ザーは、不満げに右手をふった。

「たしかに、それはそれでやっかいじゃ。体じゅうに毛が生えてくるし、月を見たらほえずにおられんから、夜の外出はさけねばならん。だが、最悪の事態《じたい》はまぬがれる」

「それ、サイコーだじょー！」スクイジュースが、キンキン声でわりこんだ。「ザーが、おいらとおんなじように、モジャモジャになるのー？　おねがい、おねがい、オオカミニンゲンに、へんしんしてー。イッショウのおねがいだよー！」

ウィッシュとボドキンは、念のため、うしろに一歩下がった。ザーが、今ここでオオカミ人間になったら、たいへんだ。

カリバーンは、ひとりごとのようにつづけた。

「もしくは、アクマノトイキの血かもしれん。であれば、わしの知るかぎり、なんの影《えい》響《きょう》もないはずじゃ。うむ、ザーのいうとおりだ。心配ばかりするのは、よろしくない。それがアクマノトイキの血であることを、いのろう。いや、そうであるなら、早くこの場を去るのが賢明《けんめい》というもんじゃ。やつらは、自分の血をとりかえしにくる習性《しゅうせい》があるからの」

「とりかえしにくる？」ボドキンは、目を見開いた。

「くわしくは、知らぬほうがよい。やつらは、自分の血にひどく執着《しゅうちゃく》しており、とりかえすためなら、なんでもやるとだけいっておこう」

「だれがなんといおうと、おれは、これが黒魔《くろま》の血であることをねがうね」ザーは、いいはった。「まっ、そうじゃなかったとしても、おれには、この剣《けん》があるけどさ」

そして、剣《けん》をさやにおさめずに、ベルトにはさんだ（けっしてまねしてはいけない。ザーは、安心とか安全といったことには、まったく関心がないのだ）。

「それは、あなたの剣《けん》じゃないわ！　返してよ！」とウィッシュ。

「剣《けん》？　どの剣《けん》だ？」ザーは、わざとらしくきょとんとした。

「あなたがベルトにさしたのは、わたしのお母《かあ》さまの魔法《まほう》の剣《けん》よ！」

「ああ、これか」ザーは、キングキャットの背《せ》に飛びのった。「この剣《けん》は、おれのものになる運命だったのさ。おれは、魔法族《まほうぞく》の民《たみ》をひきい、戦士族に立ちむかうさだめにある魔《ま》法使《ほうつか》いだからな。悪いね、運命にはさからえない」

「バカなこといわないで。ぬすんだくせに！　返してよ、どろぼう！」

ザーは、ウィッシュを無視《むし》し、子分たちにいった。

「さあ、帰るぞ！　魔法競技会《まほうきょうぎかい》で、兄《にい》さんをうちのめしてやる」

「ちょっと待って。わたしたちは、どうなるの？　軍馬ちゃんは、妖精《ようせい》に魔法《まほう》をかけられてねむったままなのに、どうやって帰れというの？」

なるほど、軍馬は空き地の真ん中で、まだのんきにいびきをかいている。

「日がくれてから、森にのこのこやってきたおまえたちがいけないんだ」ザーは、信じられないようなつめたさで、いいはなった。

と、そのとき、遠くで馬のひづめの音と犬のほえ声がした。

「センシゾク！」妖精《ようせい》が、いっせいにさけぶ。

サイコラクス女王の忠実《ちゅうじつ》な家来たちが、戦士族の領地《りょうち》に巨人《きょじん》がいるのを発見し（ザーが心配したとおり、クラッシャーの頭から出たけむりのせいだ）、要塞《ようさい》を飛びだしてきたのだ。

「ちょうどいい。問題が解決《かいけつ》したじゃないか。つれて帰ってもらえ」ザーが、ウィッシュにいう。

「でも、わたしたち、要塞《ようさい》をこっそりぬけだしてきたの。きっと、ひどくしかられるわ。おねがい、あの人たちに見つからないよう、家まで送ってくれないかしら？」

「そんなことしてたら、魔法競技会《まほうきょうぎかい》に間に合わない。なんなら、おれといっしょに魔法族《まほうぞく》の基地《きち》に来るか？　おれの部屋に泊《と》まらせてやってもいいぞ」

「どろぼうの次は、誘拐《ゆうかい》するつもり？」ウィッシュは、かんかんになった。「この腹黒魔《はらぐろま》法使《ほうつか》い！　要塞《ようさい》まで送っていって！　それに剣《けん》を返して！」

「なんで、おれがそんな親切をしなきゃならないんだ？」ザーは、おどろいたようにいった。「正直いって、戦士ふたりがどうなろうと、知ったこっちゃない。できるかぎりのことはしてやろうと思ってるのに、なんだその態度《たいど》は！」

ウィッシュは今まで、まわりの人から魔法族《まほうぞく》の悪口をさんざん聞いてきたが、どうしても信じることができなかった。だが、ザーに出会って、気が変わった。

「お母《かあ》さまがおっしゃっていたことは、全部本当だったんだわ！　ウソつき！　ひきょう者！　あなたたちには、良心ってものがないのね。どうしようもないろくでなしよ！」

「ザー、おじょうちゃんが怒《おこ》るのも、むりはない」とカリバーン。「すべてのおこないは、自分に返ってくると心得るんじゃ。剣《けん》をうばいとったばかりか、この子をさらうようなことをすれば、天からひどいしっぺ返しを食らうじゃろう。『おのれの欲《ほっ》するところを人にほどこせ。さもなくば、おのれの欲《ほっ》するところは満たされぬ』というではないか」

やきもちを焼くスプーン。
ここはスプーンのなわばりだ

「おれは、こいつらが黒魔《くろま》におそわれないよう、いっしょにつれて帰ってやってもいいといってるんだ。天は、おれのおこないをほめてくださるさ。まったく、どいつもこいつも、文句《もんく》ばっか。わがままいうな。いいか、おれは、運命の勇者、えらばれし者なんだ！」ザーは、声をはりあげてそういうと、子分たちに向きなおった。「ナイトアイ、フォレストハート、クラッシャー！　このアホな戦士ふたりとその軍馬をあとについてこさせろ！」

「おいら、フタリにくっついて、とんでくじょー。ジャガーにおそわれないように、まもってアゲルんだい」スクイジュースが、かん高い声を上げる。

「そんなことは、しなくていい」ザーは、むっとした。

「そうしたいんだよー。そのオンナノコ、きにいっちゃったんだモーン。フシギなかっこうしてるし、メにくろいヘンなものつけてるし。アンズみたいなニオイがして、ニンゲンくさくないしー。それに、かみがたもカッコイイじょー！」スクイジュースは、ウィッシユの髪《かみ》の毛《け》の中に入りこむと、ふわふわにして巣をつくった。

「好きにしろ。おまえは、運命の勇者といつもいっしょにいたいんだと思ってたけど、このおかしなやつらに同情《どうじょう》するなら、勝手にすればいい」ザーは、不満げにいった。「さあ、みんな！　基地《きち》まで競争だ！」

キングキャットが銀灰色《ぎんかいしょく》の大玉となって走りだすと、ほかの動物たちもどっと追いかけた。妖精《ようせい》たちは、その真上を飛んでついていく。

時は、けっしてまきもどせない。

本当にそうだろうか。

それでも……。

もし、ザーが、空き地にとりのこされたものたちを見ることができたなら……。

もし、ザーが、剣《けん》をうばいかえすだけではすまないと気づいたときのウィッシュの表情《ひょうじょう》を見ることができたなら……。そう、剣《けん》を元にもどして、何もなかったことにするのは、もうかなわない。サイコラクス女王は、母親の勘《かん》で、ウィッシュがいいつけにそむいたとわかるはずだ。

もし、ザーが、サイコラクス女王は、娘《むすめ》のあやまちをゆるすような母親ではないと知っていたなら……。

もし、ザーが、ウィッシュの泣いている姿《すがた》を見ることができたなら……。そのまわりで、

しゃべれないけど、
なぐさめようとしている
スプーン

なぐさめの言葉をかけられずにいるスプーンや、悲しい顔をしながらウィッシュの背中《せなか》をやさしくなでている護衛見習《ごえいみなら》いや、元気づけようと変な顔をしたり、宙返《ちゅうがえ》りをしたりしているスクイジュースを見ることができたなら……。

もし、ザーが、これらをすべて見ることができたなら、不可能《ふかのう》だとわかっていても、時間をまきもどしたいとねがっただろうか？

ねがったかもしれない。

だが……。

目の前にいない人たちが何をしているかなど、知りようがない。

いや、本当にそうだろうか。

というのも、時間をまきもどすことも、目の前にいない人たちが何をしているかを知ることも、「想像《そうぞう》」とよばれる魔法《まほう》を使えば可能《かのう》だからだ。だが、ザーは、この魔法《まほう》を使えなかった。念じて物を動かす魔法《まほう》や、空を飛ぶ魔法《まほう》が使えないのと同じように。

そんなわけで、ザーは、視界《しかい》から消えたウィッシュのことを、あっという間《ま》にわすれた。キングキャットの背中《せなか》にまたがって基地《きち》に帰る道すがら、ただひたすら、いかに自分がうまくやったかという思いによいしれた。

一方、空き地にのこされたウィッシュは、泣くのをやめた。現実的《げんじつてき》なウィッシュは、泣いてもどうにもならないと気づいたのだ。

「これから、どうしましょう？」ボドキンが、ぼそりとつぶやく。信じられない展開《てんかい》におろおろしている。

「そんなの決まってるじゃない。ザーとかいう、あのひきょう者のあとについて魔法族《まほうぞく》の基地《きち》に行き、魔法《まほう》の剣《けん》をとりかえして、朝までにこっそり要塞《ようさい》にもどるのよ。あの剣《けん》は、鉄と魔法《まほう》がひとつになっている特別なものよ。魔法族《まほうぞく》の手にわたしてはいけないわ」

「なるほど、かんたんそうですね。ぼくは、何をあわてていたんでしょう」ボドキンが、うつろな目でいう。

「それに、うれしいこともあるわ。スノーキャットに乗れるのよ！」

「うれしい？」ボドキンは、ぞっとするほど近くにいる巨大《きょだい》なけものを、恐怖《きょうふ》の目で見つめた。「スノーキャットに乗るのは、禁止《きんし》されています！　規則《きそく》に反します！」

ウィッシュは、おそるおそる手をのばし、フォレストハートの頭をなでた。毛が、びっくりするくらい、やわらかい。はじめて見たときから、乗ってみたくてうずうずしていたのだ。ウィッシュは、フォレストハートの背中《せなか》に慎《しん》重《ちょう》に慎重《しんちょう》にまたがった。

「クラッシャー、あなたも来るでしょう？」ウィッシュが見上げると、巨人《きょじん》は、気にかけてもらったことがうれしくて、われたカボチャのような笑顔《えがお》を見せた。

「わがはいは、スノーキャットのように足が速くないのである。しかし、しっかりとついていくから、心配ご無用。なんといっても巨人《きょじん》なのである！」

やだ、わたしったら、巨人《きょじん》の心配なんかして。ウィッシュは思った。巨人《きょじん》なんだもの、自分の身は自分で守れるはず。草食でも、けんかはものすごく強いのかもしれない。

「スノーキャットさん、ザーのあとについていってくださいな」

フォレストハートは、大きく飛びはね、ビロードのようにしなやかにかけだした。

わたしは今、スノーキャットに乗っている。これは、夢《ゆめ》じゃないんだわ。ウィッシュは、信じられない思いだった。

フォレストハートは、木々の間をぬって、さっそうと走っていく。夜風がウィッシュの髪《かみ》をうしろへなでつける。心配ごとは頭から消え、よろこびが胸《むね》いっぱいに広がった。

一方、まだ空き地にいるボドキンはひとり思った。まったく、ヤドリギの神さまも、魔《ま》女《じょ》の女王も、ぎょろ目のゴブリンホッパーもびっくりだ！　姫《ひめ》さまといったら、見た目はともかく、性格《せいかく》は女王さまにそっくりじゃないか。がんこで、命知らずで、へんくつだ！

あの魔法使《まほうつか》いの子は、さらにひどかった。これが、王族の血というやつか？　きっと、ぜいたくなものばかり食べているせいで、脳《のう》みそがぶよぶよになっちゃったんだ。

だが、ボドキンにいったい何ができるというのだろう？　オオカミ人間がうようよいるかもしれない森にひとりのこって、夜風に当たりながら、アクマノトイキさがしをするわけにもいかない。それに、手に負えない姫《ひめ》を守ることに手をつくすのが、自分の役目だ。ボドキンは、乗ってはいけないことになっているスノーキャットの背《せ》にしぶしぶまたがると、そのスノーキャットも同じくらいしぶしぶとボドキンを乗せ、ウィッシュのあとを追った。

巨人《きょじん》のクラッシャーはかがんで、ねむりこけている軍馬をやさしくすくいあげた。そして、人間がハムスターをかわいがるように、大きな指でたてがみをなで、ボドキンとウィッシュを乗せたスノーキャットたちのあとを、のろのろと歩きだした。

ナイトアイに乗ったボドキンが追いついてくると、ウィッシュはいった。

「心配しないで！　きっとだいじょうぶよ！」

「心配しないで？　きっとだいじょうぶ？　たった一晩《ひとばん》で、魔法《まほう》のスプーンをさがすため

に要塞《ようさい》をぬけだし、姫《ひめ》さまが女王さまの貴重《きちょう》できわめて危険《きけん》な剣《けん》をぬすんだことが判明《はんめい》し、それをあろうことか魔法使《まほうつか》いの手にわたしてしまい、戦士対魔法使《まほうつか》いの全面戦争が起きかねない状況《じょうきょう》をつくり、今は、スノーキャットの背中《せなか》に乗って敵《てき》の領地《りょうち》のど真ん中に足をふみいれようとしていて、おまけに、頭のおかしいあの魔法使《まほうつか》いの少年は、ひょっとしたら、ぼくたちをさらおうとたくらんでいて、しかも、その少年は、いつオオカミ人間に変身するかわからないというのに、どうして心配せずにいられるんですか?」ここまでひと息にいうと、ボドキンのおなかがギュルギュルと鳴った。「それに、夕食を食べそこねました。ああ、ぼくの大好物《だいこうぶつ》のシカバーガー……」

そのとき、スクイジュースが悲鳴を上げ、白い稲光《いなびかり》のように落ちてきた。

「おいら、まもる、おいら、まもる。うぉぉぉおおお！　ジャガーだ、ジャガーだ！　ぎょぇぇええええ！　ん？　あれ、チガッタ。キのみきだ。テヘッ、ゴメンちゃい」

マジックウッズのあれた森を奥《おく》へ奥《おく》へと進むにつれ、だれもしゃべらなくなった。木の陰《かげ》から光る目、静寂《せいじゃく》を切りさく得体《えたい》の知れぬ鳴き声。ジャガーかオオカミ人間か、それとも……。

一方、空き地では、ウィッシュとボドキンが去ってから、ふたつのできごとがあった。ボドキンが知ったら、ますます不安になったであろうできごとだ。

まず、クラッシャーが、サイコラクス女王の戦士につかまった。

ウィッシュの心配が的中したのだ。物思いにふけりがちな巨人族《きょじんぞく》は、ほかの生き物にくらべて、かなりゆっくりとした時の流れを生きている。だから、たとえ敵《てき》がどんなに小さくても、これが命取りになることがよくあった。

軍馬にまたがった戦士たちが空き地に突入《とつにゅう》すると、クラッシャーは「うーむ？

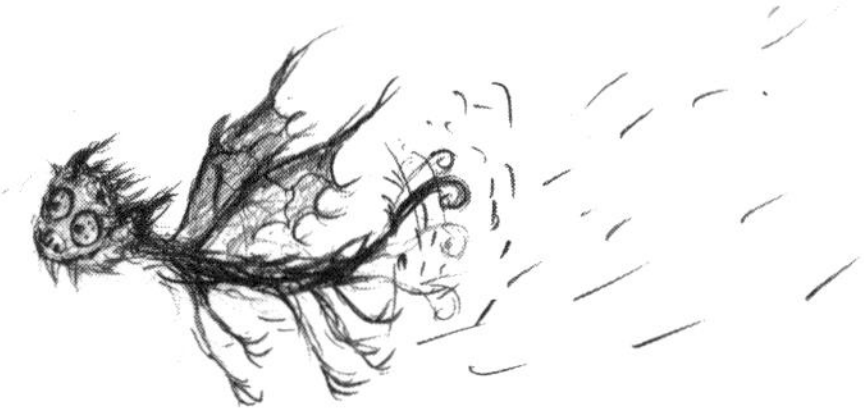

なーにーがーおーきーてーいーー」と思っている間に、足にくさりをつけられてしまった。そして、「声を上げたら、おまえの手にしている馬を殺すぞ」とおどされた。そういわれたら、おとなしく鉄の要塞《ようさい》につれていかれるしかない。クラッシャーは、木のこずえをかきわけながら、不機嫌《ふきげん》なアリのような戦士たちのあとをよろよろとついていった（それにしても、この人たちは、何をそんなにイライラしているのであるか？　巨人《きょじん》には、怒《いか》りという感情《かんじょう》が理解《りかい》できなかった。時間のむだとしか思えなかったからだ）。

　空き地に静けさがもどった。空気が、わずかにつめたくなった。つもった雪が、ふわりとまいあがる。つむじ風か、それとも何かが、地面におりたったのか。その何かは、ずっとウィッシュたちを見ていたのかもしれない。魔法《まほう》の剣《けん》をねらっていたのかもしれない。これこそ、ボドキンが心配すべきことだった。その何かが黒魔《くろま》だとしたら――どんなにありえないことに思えようと――ボドキンは、とてつもない護衛術《ごえいじゅつ》を披露《ひろう》しなくてはならなくなる。黒魔《くろま》は、足あとをのこさない。影《かげ》もない。だが、通りすぎたあと、あたりは、一瞬《いっしゅん》ひやりとする。

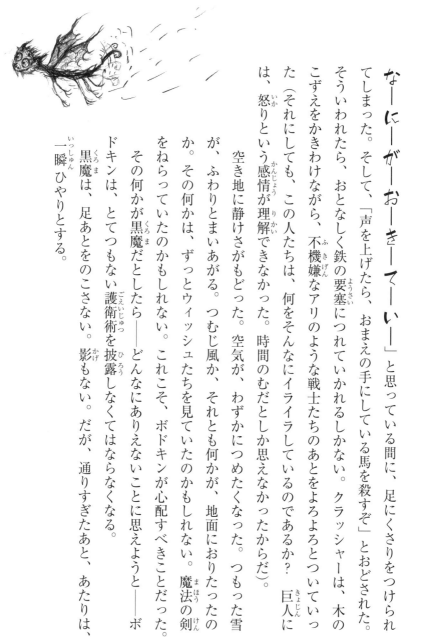

妖《よう》精《せい》の呪《のろ》い歌《うた》

わたしたちは、そこにいない。
今おまえが見たつばさは、目の錯覚《さっかく》。
牛を殺したのは、妖精《ようせい》ではない。わたしたちをせめるな。
おまえたちは、妖精《ようせい》をとがめ、せめたて、こぶしをふりあげる。
こぶしなど、役に立つものか。
わたしたちは、まぼろし。そこにはいないのだから。
おまえが聞いたのは、ただの風の音。
椅子《いす》をこわしたのは、妖精《ようせい》ではない。わたしたちをせめるな。
そのがんじょうな椅子《いす》は、えものを待っていたのだ。
まるまる太った何かが、巨大《きょだい》なおしりを乗せるのを。

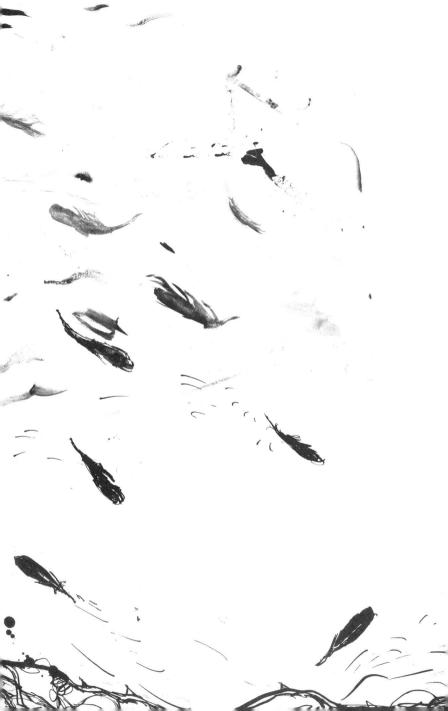

バリ、バリバリ、ドッスン！
ハッハッハッハッハッ！
椅子《いす》はこっぱみじん。そいつは、あごをうちつけ、泣きさけぶ。泣きつかれるまで。
大わらいしていたのは妖精《ようせい》だといったやつは、ウソつきだ。
子を殺したのは、妖精《ようせい》ではない。わたしたちをせめるな。
おまえたちは、妖精《ようせい》をとがめ、せめたて、こぶしをふりあげる。
こぶしなど、役に立つものか。
わたしたちは、まぼろし。そこにはいないのだから。
おまえが聞いたのは、そう、ただの風の音。

魔《ま》法《ほう》族《ぞく》の基《き》地《ち》

7 魔《ま》法《ほう》族《ぞく》の基《き》地《ち》

スノーキャットたちは何時間も、いりくんだ森を飛ぶようにかけた。こおった川をわたり、戦士族と魔《ま》法《ほう》族《ぞく》の領《りょう》地《ち》をへだてる高い壁《かべ》、ゴーストウォールにつきあたると、くずれたところをさがしてこえ、またしばらく走りつづけた。だが、とうとう、イバラやたおれた木やつるが複《ふく》雑《ざつ》にからみあった場所で足止めを食らった。

月が雲の間から顔を出したのを見はからい、ザーが、何やらアリエルに指《さし》図《ず》する。

アリエルは、目の前に立ちはだかる草木の山を指さした。すると、イバラや木の枝《えだ》がひとりでに、するするとほどけはじめた。まるで、目に見えない手が、こんがらがった釣《つ》り糸《いと》をほどくかのようだった。木々が、年《とし》寄《よ》りのひざがきしむような音を立てて左右にゆれ、まっすぐに姿《し》勢《せい》を正す。のびほうだいの茂《しげ》みは、いっせいに背《せ》をちぢめた。

目の前があっという間《ま》に開け、ウィッシュとボドキンは目を丸くした。さらに、その空き地をかこむように巨《きょ》大《だい》な木々が立ちならんでいるのを見て、ふたりのうなじの毛が、ハリネズミの毛のようにさかだった。イチイ、カバ、ナナカマド、ハンノキ、ヤナギ、トネリコ、サンザシ、ニワトコ、リンゴ、ポプラ——思いつくかぎりの木という木——もちろん、オークの木もある。人の気配《けはい》はないが、音楽が聞こえ、けむりのにおいがする。

ウィッシュは、とてつもない恐怖《きょうふ》におそわれた。家から遠くはなれた敵地《てきち》のど真ん中に来てしまったのだ。お母《かあ》さまが身代金《みのしろきん》を要求されたら、どうしよう。明日《あす》には要塞《ようさい》に帰してやる、とザーは約束してくれたが、あまり信用できない。

「魔法族《まほうぞく》の基地《きち》は、どこ？」ウィッシュは、ふるえる声でたずねた。

「この下だ」とザー。

地下にしずむ基地《きち》を想像《そうぞう》してほしい。巨大《きょだい》な木々は、それぞれ中が空洞《くうどう》になっていて、下の部屋に光がさしこんでいるという。ザーは、ウィッシュとボドキンを自分の木の塔《とう》に案内した。ものすごく古いイチイの木で、まるで巨人《きょじん》にてっぺんをつままれて、ねんどのようにくるりとひねられたみたいに大きくねじれている。三人は、木にかけてあるはしごを上り、幹《みき》をぐるりとかこんでいる外通路を通ると、またはしごを上って、穴《あな》からザーの部屋へと入った。

ウィッシュの心は、ますますしずんだ。どうやって、ここから出られるというのだろう。とじこめられたも同然だ。もしザーが、ほかの魔法使《まほうつか》いに自分たちのことを話したら？　ザーよりもいじわるな魔法使《まほうつか》いに、ゆっくりと死んでいく魔法《まほう》をかけられたら？　考えただけで、気分が悪くなる。

ザーの部屋には、天井《てんじょう》がなく、夜空にうかぶ星々が見えた。床《ゆか》のあちこちに大きな穴《あな》があいていて、のぞきこむと十メートルほど下が大きなホールになっていた。

「心配はいらん。魔法《まほう》で空気をかためてあるんじゃ」カリバーンが、ウィッシュとボドキンを安心させるようにいった。というのも、ふたりは、床《ゆか》にあいた穴《あな》の上をザーが歩いているのを見て、腰《こし》をぬかしそうになっていたからだ。

ザーは、リュックから魔法百科《まほうひゃっか》をとりだし、人を毛虫に変える魔法《まほう》をさがした。ネコに変える魔法《まほう》（かんたん）と元にもどす魔法《まほう》（むずかしい）が書いてあるページの次にあった。

これから始まる魔法競技会《まほうきょうぎかい》で、ザーは手始めに、黒魔《くろま》の魔力《まりょく》を使ってルーターを毛虫に変えようとたくらんでいた。そして、もりあがってきたところで、魔法《まほう》の剣《けん》を引きぬき、

「おれは鉄にも通用する魔法《まほう》が使えるんだぞ！」といいはなつ。きっと、みんなは拍手喝采《はくしゅかっさい》し、ザーの名前をさけびつづけるだろう。そして、父親は、目の前にひざまずき、こういうのだ。

「ザーよ、うたがって悪かった。おまえが特別な子であるのは、うすうす感じていたんだが。過去《かこ》の不和は、水に流そうではないか。おまえは、みなが待ちこがれていたヒーローなのだから」

すべては、最高にうまくいくはず。

ザーは、呪文《じゅもん》を暗記し、魔法百科《まほうひゃっか》をバタンととじた。

「よし、妖精《ようせい》ども！　あと二、三分で、競技会《きょうぎかい》が始まるぞ。ホールにおりていって、兄《にい》さんに恥《はじ》をかかそう。フォレストハート、ナイトアイ、キングキャット、クマ、それとスクイジュースは、ここにのこってろ」

「えーっ、ナンデ、おいらはオイテキボリなの？　なんで、なんでー？」とスクイジュース。

「おまえは、その戦士ふたりを、ずいぶん気に入ったみたいじゃないか。ここにのこって、見はってるんだな」少しやきもちを焼いていたザーは、あてつけにいった。

「はいはいはーい。おいら、ちゃーんと、ミマモッテルじょー」

「見守るんじゃない、見はるんだ。こいつらは敵《てき》、捕虜《ほりょ》だぞ」

「でもさー、イッショにいって、ザーが、オオカミニンゲンに、へんしんするとこ、みたかったなー」スクイジュースが、いかにもざんねんそうにいう。

「アラ、そうイワレテみれば、ウデの毛が濃《こ》くなってきたんじゃないカシラ?」ティフィンがからかう。

「うるさい、だまれ! だれが、オオカミ人間なんかに変身するか! あれは黒魔《くろま》の血だったんだ。今夜こそ、魔法《まほう》を披露《ひろう》してやるぞ!」

「そううまくいくものか」カリバーンが、もっともなことをいった。「競技会《きょうぎかい》に出るなら、剣《けん》についていた緑のものがなんであったのかを、つきとめてからのほうがよいのではないか? 公衆《こうしゅう》の面前で、オオカミ人間に変わるようなことがあっては、目も当てられん」

ザーは、カリバーンをバカにしたような目つきで見た。

「そんな時間がどこにある? 競技会《きょうぎかい》は、もうすぐ始まるんだ。たとえ、あれが黒魔《くろま》の血じゃなかったとしても、こっちには魔法《まほう》の剣《けん》がある」

「ザーよ、競技会《きょうぎかい》で剣《けん》の使用は禁止《きんし》されておる。それが、鉄でできたものなら、なおさらじゃ」

「それに、その剣《けん》は、わたしたちのものよ！」ウィッシュが抗議《こうぎ》する。

「さっきから、そればっかいいやがって。いいか、これは魔法《まほう》の剣《けん》だ。だから、魔法使《まほうつか》いのおれが持つほうがふさわしい。それから、カリバーン、天からしっぺ返しがどうのこうのといってたが、おれにいわせれば、剣《けん》がこの手にあるのは、天のおぼしめしだ。ようするに、おれが特別な――」

「そうだ、そうだ！　テンのカミサマのいうとおりー！」スクイジュースが、かん高い声であとおしする。

こういうときのザーには、何をいってもむだだ。

にわかに、大つぶの雨が空からぽつりと落ちた。

「そらみたことか。天がなげいておられる」カリバーンはつぶやいた。

下のホールから、巨人《きょじん》が陽気におどる音や、楽しそうな話し声が聞こえる。上のほうでは、木の枝《えだ》が海をわたる小舟《こぶね》のようにゆらゆらと風にゆれている。やがて、ザーの部屋に、はげしい雨がふりそそいだ。

「天井《てんじょう》のない部屋なんて、信じられませんね。なんて不便な……」とボドキン。

「ティフィン！　みんなまとめておぼれる前に、天気の魔法《まほう》をかけてくれ。で、おまえは、ここにのこって、魔法《まほう》がとけないように見はってろ。捕虜《ほりょ》たちをずぶぬれにするなよ」

ザーの命令に、ティフィンはぷりぷりした。

「マッタクどうしていつもあたしがナンデモやらなくちゃイケナイのカシラ？　あたしだって、魔法競技会《まほうきょうぎかい》をミタかったのに！」

むっつりしながらも、杖筒《つえづつ》から四号の杖《つえ》をとりだすと、魔法玉《まほうだま》をひとつつえらんでこつんとたたいた。とたんに、透明《とうめい》のカサがあらわれ、宙《ちゅう》にうかんだかと思うと、ガラスの天《てん》井《じょう》に変わった。その天井《てんじょう》に、雨がはげしくうちつける。

「まあ、なんてすてきなの！」ウィッシュは、目を丸くした。

「感心してどうするんですか！」とボドキン。「いいですか、魔法《まほう》というものは、見かけは魅力的《みりょくてき》でも、非常《ひじょう》に危険《きけん》で、物騒《ぶっそう》な――」

「けど、ぬれたくないときには便利だろ。すなおにみとめろ」とザー。

「ふつうの天井《てんじょう》で、じゅうぶんです」ボドキンがいいかえす。

ザーは、ドアをたたきつけるようにしめると、外から鍵《かぎ》をかけた。

「魔法《まほう》の剣《けん》、持っていっちゃった」ウィッシュが、肩《かた》をがっくりと落とす。「部屋にもどってきたら、夜寝《ね》てるすきに、うばいかえすしかないわ」

「しかしですね、姫《ひめ》さま、運よく剣《けん》をうばいかえせたとして、どうやって要塞《ようさい》まで帰るのですか？　何十キロもありますから、とうてい歩いては帰れませんよ」

「ああ、ザーのいうとおり、わたしたちは捕虜《ほりょ》なんだわ！」ウィッシュは、入ってきた穴《あな》から外の暗《くら》闇《やみ》を見つめた。この木の塔《とう》からお

りるだけでも、たいへんそうだ。たのみのつなの巨人《きょじん》や軍馬は、気配《けはい》すらない。

「それにね、クラッシャーが、お母《かあ》さまの部下たちにつかまった気がしてならないの。心配だわ……」

「心配？　あいつは、巨人《きょじん》ですよ！　姫《ひめ》さまは、どっちの味方なんですか？」

ウィッシュは、ため息をつき、視線《しせん》を部屋にもどすと、ザーがテーブルの上になんの気なしに置いていった魔法百科《まほうひゃっか》を手にとった。

「ボドキン、これを見て！　すばらしいわ！」ウィッシュは、恐怖《きょうふ》も不安もわすれ、あまりの興奮《こうふん》に本をあやうく落としかけた。

魔法百科

魔法《まほう》のすべてがわかる
完全ガイドブック

魔法百科

魔《ま》法《ほう》の世界へようこそ！

使い方は、いたってかんたん。
文字を指でクリックし、知りたいことを文にしよう。

今、あなたにぴったりの質問《しつもん》はこちら。

**魔法族《まほうぞく》の基地《きち》から脱出《だっしゅつ》し、馬も地図もなしに
ダークウッズを通って、要塞《ようさい》に帰るためには、
どうすればいいですか？**

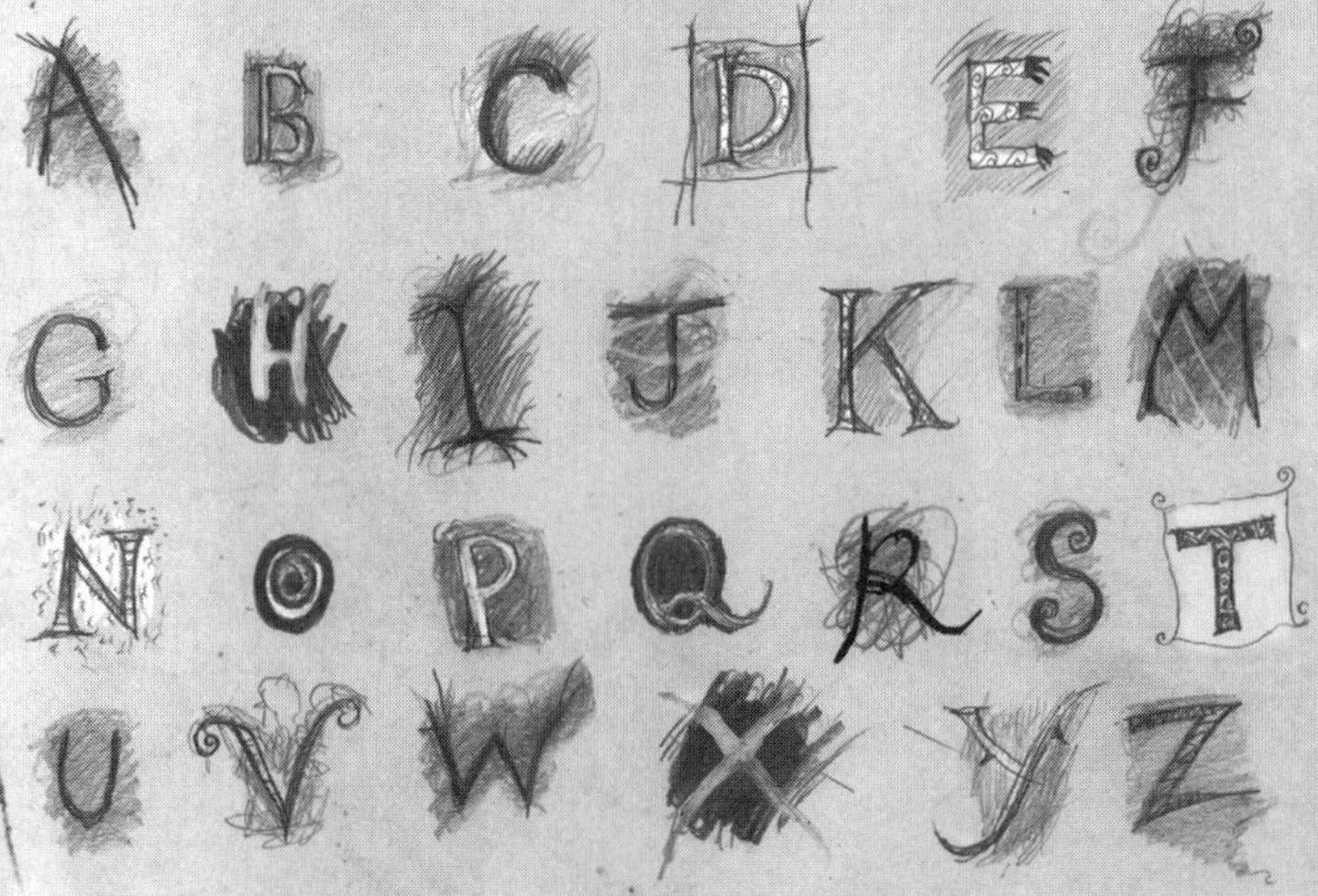

注意：もくじ機能《きのう》に不具合が生じた場合は、お手数ですが、
6,304,560ページある本書を1ページずつめくってさがして
くださいますよう、おねがいいたします。

運命の勇者、ザ・マグニフィセント

魔法百科

オオマタセイタカ

この種の巨人《きょじん》は、地球上の生命や宇宙《うちゅう》の謎《なぞ》について
考えをめぐらしながら森を歩き、
「クリヌキ」（妖精語《ようせいご》で、「道」のこと）をつくる。

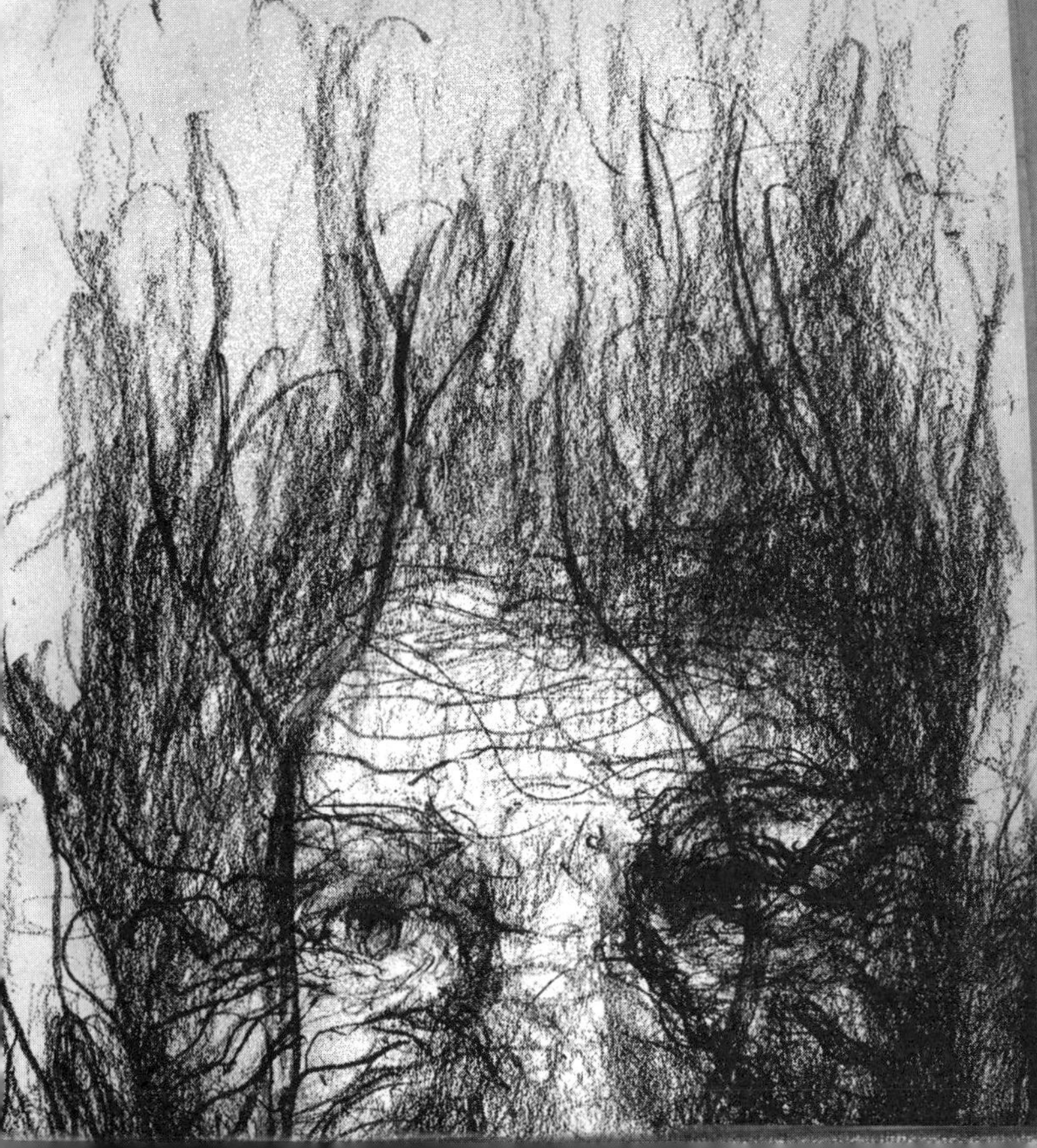

魔法百科

ジャンボ・ヒラヒラミミ・ドリーマー

巨人族《きょじんぞく》には、フロスト、メガビッグ、ドリーマー、タワーなど、たくさんの種類がいる。また、巨人《きょじん》といっても、その大きさは、種によってだいぶことなる。

これは、うっかりだれかの家をふみつぶしてしまった、マンモス・オッチョコチョイ種の巨人《きょじん》だ。

ジャンボ・ヒラヒラミミ・ドリーマー
物思いにふけっているドリーマー

足は短いが、手が非常《ひじょう》に長いので、木登りが得意。

ほとんどの巨人《きょじん》は草食だ。背《せ》は、マジックウッズの木々より高くはならない。おかげで、森を飛びまわるグリフィンタカから、身をかくすことができる（グリフィンタカについては、2,000,041ページを参照のこと）。

沼地《ぬまち》を進むヒラヒラミミ・ドリーマー。長い腕《うで》をばねにして、前へ進む。

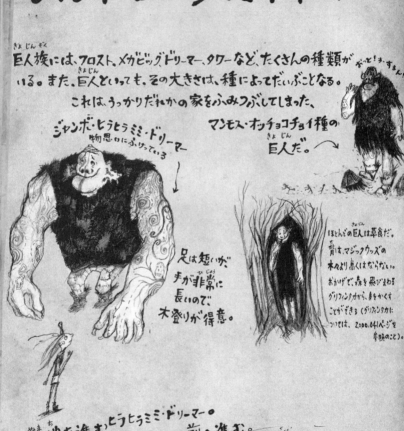

魔法百科

ヨツノテ・モンクタレ・アクマノトイキ

作者が見たことのある

ワキガ・ヨツノテ・モンクタレ・アクマノトイキ

オスは、香水《こうすい》の代わりに。牛のふんをわきの下にこすりつけ、メスをおびきよせる。気持ち悪いが事実だ。

注意：この生き物と、まともに話をしようと思ってもむだだ。理性《りせい》がないからである。

1,230,494ページ

魔法百科

モジャモジャ人《ひと》食《く》い魔《ま》

魔法百科

魔《ま》法《ほう》の種類

- 空飛ぶ魔法
- 水の魔法
- 火の魔法
- 愛の魔法
- 大きくなる魔法
- わすれる魔法
- 消える魔法
- かみなりの魔法

気まぐれメモ

その34721　呪《じゅ》文《もん》

「きえろきろえ、からだよえきろ、てきのめをくまらし、からだえきろ」

最初と最後の文字が合っていれば、なんとなく読めることに気づきましたか？

魔《ま》法《ほう》

だれでもわかる魔《ま》法《ほう》のしくみ

ほとんどの妖精《ようせい》は、自分より大きなものに魔法《まほう》をかける力がない。
そこで、魔法《まほう》を凝縮《ぎょうしゅく》させて、玉や爆弾《ばくだん》につめこむ。
それを魔法《まほう》バッグに入れて腰《こし》にまき、持ちあるく。

妖精《ようせい》は、
さまざまな種類の
杖《つえ》を一式持っており、
かける魔法《まほう》に合わせて
ぴったりのものをえらぶ。
杖《つえ》を相手に向けて
ひとふりし、魔法《まほう》をかける。

魔法玉《まほうだま》の入った
魔法《まほう》バッグ

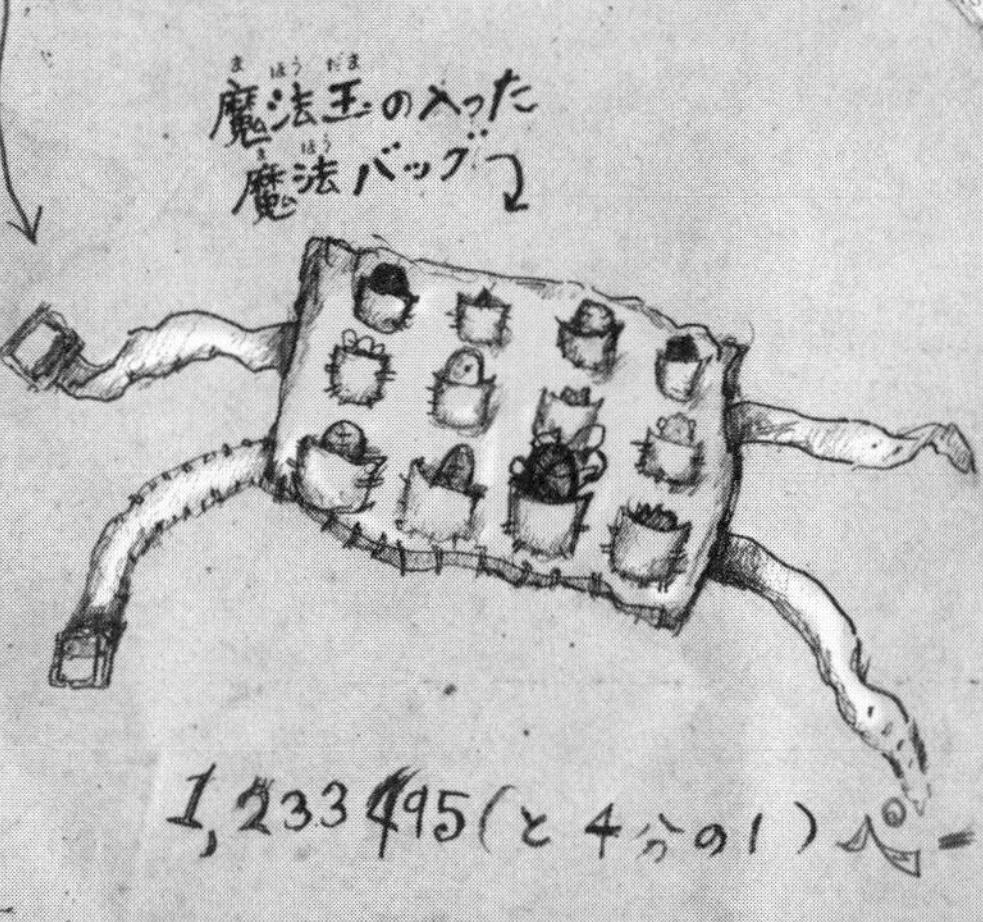

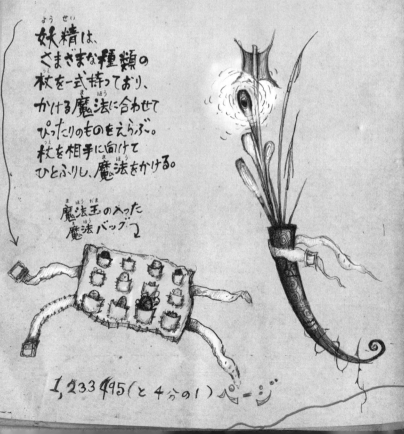

魔法百科

うしなわれた言葉

オオマタセイタカ種の巨人《きょじん》は、頭からけむりを出してマジックウッズの森を歩きながら、うしなわれた言葉や、絶滅《ぜつめつ》の危機《きき》にある言葉を集めることがある。かれらによると、言葉をうしなえばうしなうほど、考える機会も減《へ》っていくという。

魔法百科

絶滅《ぜつめつ》の危機《きき》にある妖精語《ようせいご》は、以下のとおり。

サワサーワ：草が風にふかれて立てる音。

ドラゴンコールド：ドラゴンがけむりを出すように息が白くなるほど寒いこと。

ヘアアイス：枯《か》れた木をおおう毛のような氷。

ヒカリノシッポ：暗い森の中を妖精《ようせい》が飛んだときにのこす光のあと。

クリヌキ：巨人《きょじん》によって森につくられる道。

ウシノオナカ：川底の泥《どろ》。

エルフノネグセ：からまった寝《ね》ぐせ

ゴーストライト：夜、妖精《ようせい》たちがのこす光のあと（「ヒカリノシッポ」と同じ）。

ナメクジノシッポ：アクマノトイキがのこす、鼻水のようなあと。

フラリー：引っこすこと。または、ふらりと出かけること。

2,143,204ページ

魔法百科

黒《くろ》魔《ま》族《ぞく》

黒魔《くろま》は大むかしに絶滅《ぜつめつ》したため、
見たことがあるものはだれもいない。
よって、本書で黒魔《くろま》の姿《すがた》をかきしるすことはできない。

万が一、
黒《くろ》魔《ま》が絶《ぜつ》滅《めつ》していなかったときの対処法《たいしょほう》

1. さっぱりわからない。
2. どうせつかまるので、にげてもむだ。
3. 鉄を使ってみる。魔《ま》力《りょく》を持つものは、鉄にアレルギーがあるはず。
4. けっきょく、1にもどる。

くれぐれも黒《くろ》魔《ま》を見ないように。
一目見ただけで恐《きょう》怖《ふ》のあまり死ぬかもしれないからである。

1,391,604ページ

魔法百科

妖《よう》精《せい》の呪《のろ》いの言葉

魔法《まほう》の世界では、言葉自体に力があるため、呪《のろ》いの言葉は武器《ぶき》になる。ドルイド教は、呪《のろ》いの術《じゅつ》をきわめたことで知られる。

「なんじ、ひどい風をひき、マルマル五週間、花くそまじりの花水をタキのように流したまへ。ネズミ人間にかまれたがゴトク、わきの下がかゆくなりたまへ」

「なんじ、ウシに飲みこまれ、そのウシわクジラに食はれ、はてしなく深い海底のサバクにて、エイエンに悪夢《あくむ》にうなされながらねむりたまへ」

(注：妖精《ようせい》は、読み書きが苦手だ。多少字をまちがえていても、わかりさえすればいいと思っている)

魔《ま》法《ほう》百《ひゃっ》科《か》をお読みくださり、ありがとうございました。

何ごとも最後には丸くおさまる場合が多いことをお伝えして、

終わりの言葉とさせていただきます。

おしまい

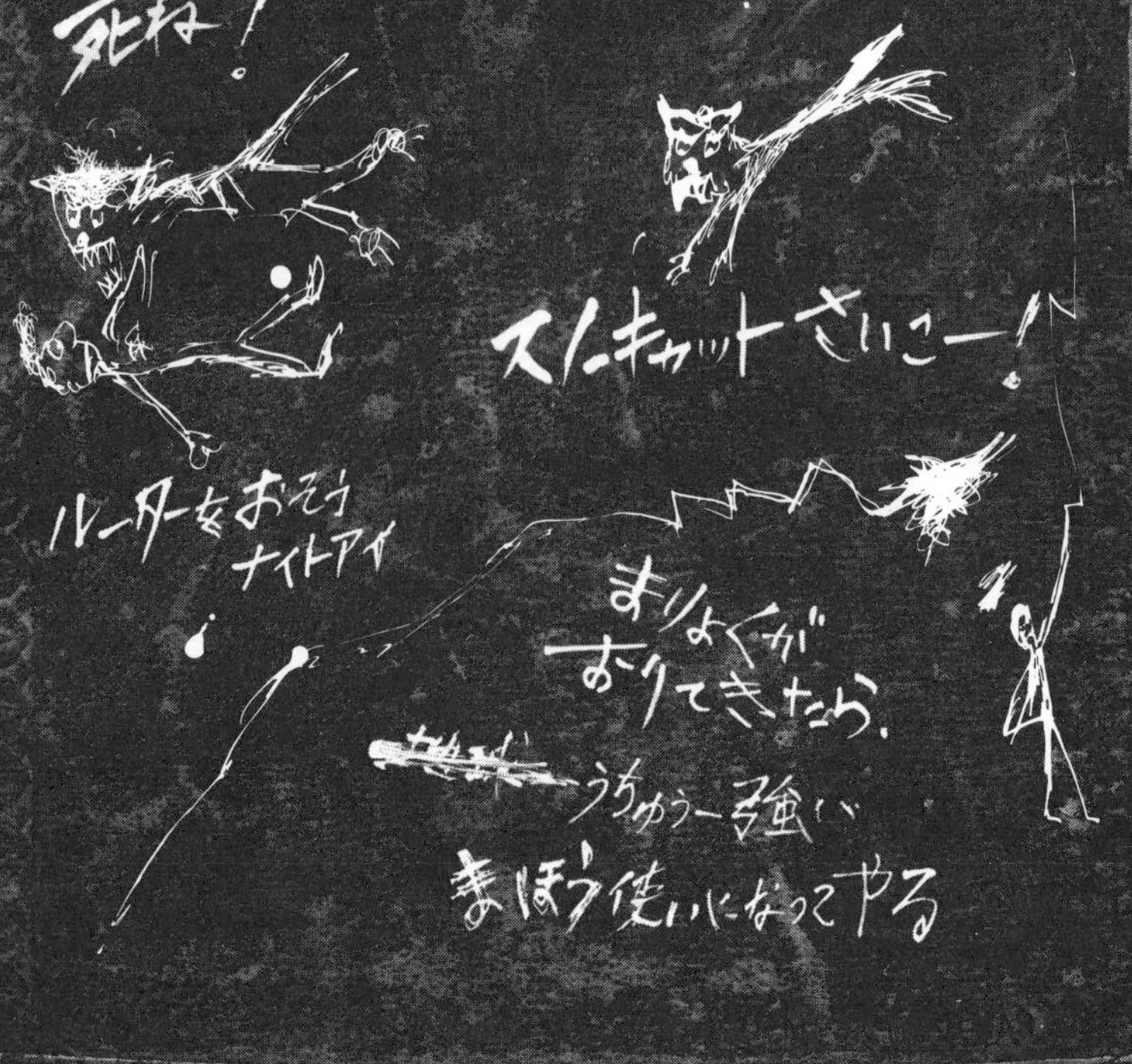

死ね！
スノーキャットさいこー！
ルーターをおそう
ナイトアイ
まりょくが
おりてきたら、
うちゅう一強い
まほう使いになってやる

「その本をテーブルにもどしてください」ボドキンは、不安そうにいった。「ここにあるものには、どれもこれも魔力《まりょく》がそなわっています。見てはいけません。聞いてはいけません。さわってはいけません」

「でも、この本ったら、六百万ページもあるんですって！」

「ありえませんよ」だが、本好きのボドキンはつい、ウィッシュの肩《かた》ごしにのぞきこんだ。六百万ページもある本なら、見ずにはいられない。

「ほら！　魔法《まほう》について知りたいことがなんでも書いてある『完全ガイドブック』ですって。地図、薬の調合法、魔力《まりょく》のある種族、魔法族《まほうぞく》、黒魔《くろま》、ドワーフ小人、ゴブリン、魔《ま》ネコ、妖精《ようせい》……それぞれの種族が、さらに細かく分類されているわ。うしなわれた言葉……わあ、おもしろそう。言語の種類……ドワーフ語、エルフ語、巨人語《きょじんご》、ドア語……ドア語？　ドアがしゃべれるなんて、知らなかったわ」

魔法百科《まほうひゃっか》は、読みすすめるのがたいへんだった。とれているページがたくさんあって、パラパラと落ちてきてしまうし、落ちたページはひとりでに本にもどってくれるのはいいけれど、元あった場所とはちがうところにおさまる。それに、本をまとめた人はしりめつ

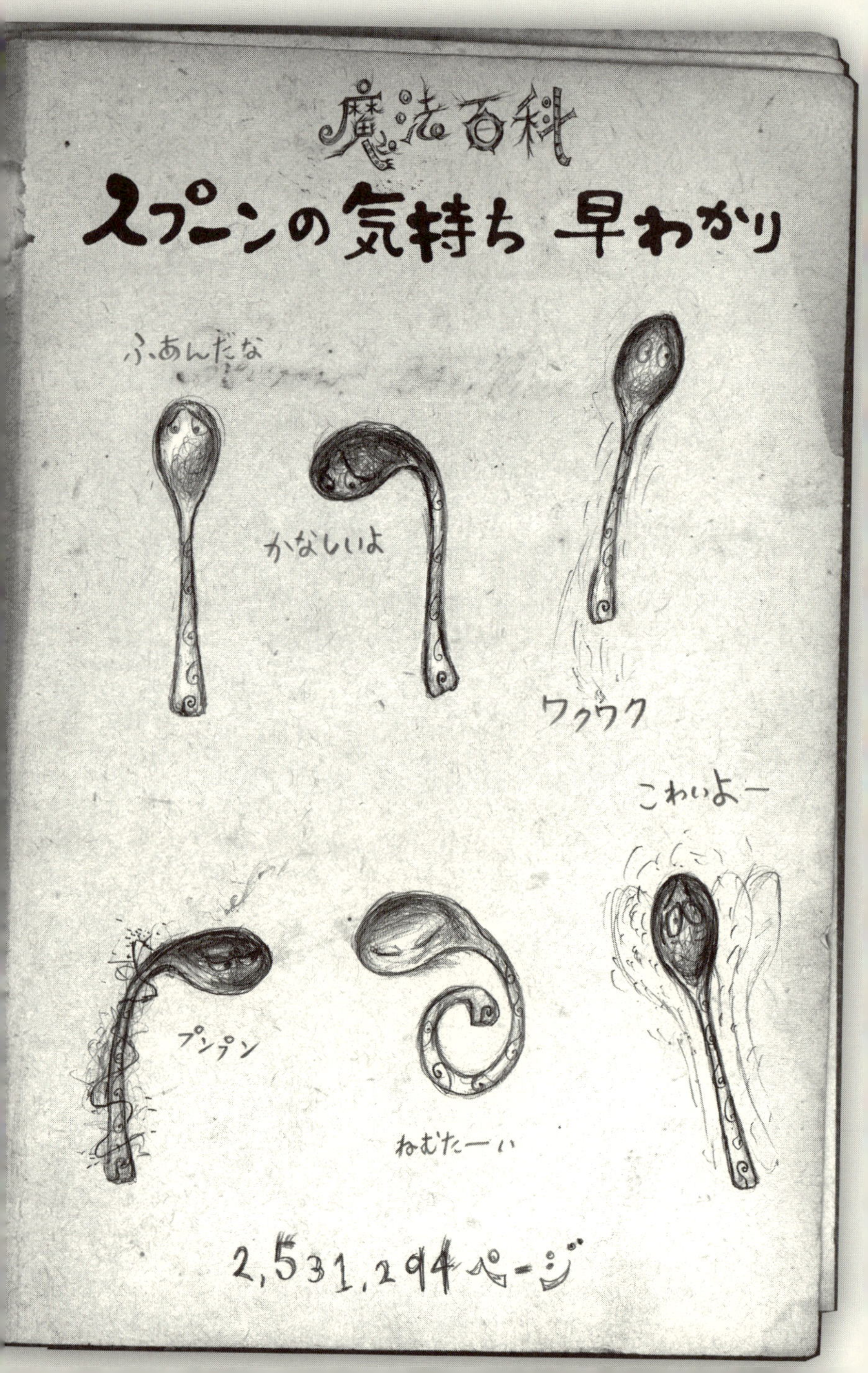
魔法百科
スプーンの気持ち 早わかり
ふあんだな
かなしいよ
ワクワク
こわいよー
プンプン
ねむたーい
2,531,294ページ

れつな人だったらしく、説明が、わき道にそれたり、しりきれとんぼで終わったりしていた。

「うわあ、わたしと同じくらい字がまちがってる！」ウィッシュは、うれしそうにいった。

「何をよろこんでいるんですか。女王さまならば、『字には、ひとつしか正解《せいかい》はない』とおっしゃるところです。ぼくも、そのとおりだと思いますね。そのほかは、まちがい、混《こん》乱《らん》、無秩序《むちつじょ》です」

だが、ウィッシュは、聞いていなかった。

「まあ、これを見て！　わたしがのってる！」ウィッシュは、巨人《きょじん》のページの絵を見て、目を丸くした。「それに、クラッシャーも！　どうして？」

ボドキンは、もう一度、ウィッシュの肩《かた》ごしに魔法百科《まほうひゃっか》をのぞきこんだ。

「ただの女の子の絵ですよ。姫《ひめ》さまというわけではありません」

「でも、頭にスプーンが乗ってるわ」

「ほ、ほんとだ……。コホン、魔法《まほう》の本ですから、そんなことがあってもおかしくないのかもしれません」ボドキンはため息をつき、身ぶるいした。知らないうちに本にのるなんて、うす気味悪いことこのうえない。「ですから、やはり、その本はお読みにならないほうが……」

「でも、ここから脱出《だっしゅつ》する方法が見つかるかもしれないわ」

ウィッシュとボドキンを見はっているはずのスクイジュースとティフィン、それにスノーキャットは、長い一日につかれはて、ねむりこけている。

たしかに、にげられるかもしれない。ボドキンの心に希望の光がさした。

「えっと、ザーは、どうやってたかしら？」ウィッシュは、眉《まゆ》をよせて、思いだそうとした。「もくじのところのアルファベットを一文字ずつ指でたたいたら、本がひとりでにめくれて、見たいページでぴたりと止まっていたわ。ああ、でもわたし、字は苦手なのよ。

ボドキン、助けてくれない？」

ボドキンは、ウィッシュのうしろから本に手をのばし、文字をひとつひとつ指でたたいて文をつくった。

《魔法族《まほうぞく》の基地《きち》から脱出《だっしゅつ》し、馬も地図もなしにダークウッズを通って、要塞《ようさい》に帰るためには、どうすればいいですか？》

ところが、開いたページにのっていた答えは、空飛ぶじゅうたんだの、つばさの生えた靴《くつ》だの、特別な道具がないと実行できないものばかりだった。おまけに、知りたくもないのに、マジックウッズにひそむ危険《きけん》をこと細かく教えてくれた。巨大《きょだい》な化けネコやオオカミ人間、きばのあるキノコの話なんて、知りたくなかった。

とつぜん、かみなりが二十個《こ》同時に落ちたような、ものすごい音が鳴りひびいた。ウィッシュとボドキンは、飛びあがった。

「いったいぜんたい、今のは、なんです?」とボドキン。

ウィッシュが、床《ゆか》にあいた穴《あな》から下をのぞく。

魔法競技会《まほうきょうぎかい》が始まったのだ。

8 魔《ま》法《ほう》競《きょう》技《ぎ》会《かい》

魔法競技会《まほうきょうぎかい》は、火の祭りのもよおしのひとつだ。さわがしいホールの四隅《よすみ》で松明《たいまつ》が燃《も》えさかり、真ん中に戦いの場となる炎《ほのお》のリングがある。

ホールは、ごった返していた。年も大きさもさまざまな魔法使《まほうつか》い、隅《すみ》でおどっている陽気な巨人《きょじん》やいねむりしている巨人《きょじん》、遠ぼえをしているオオカミ、のそのそと歩きまわっているクマ、はりの陰《かげ》からしっぽをたらし、目を光らせながらようすをうかがっているスノーキャット。バイオリンやラッパは、宙《ちゅう》で音楽をかなでている。

ホールの一角では、大魔法使《だいまほうつか》いエンカンゾ王が、おとなたちと政治的《せいじてき》な話に熱中していた。王の座《ざ》をねらっているスウィベリが、先祖《せんぞ》を見習って積極的《せっきょくてき》に戦士族に戦いをいどむべきだ、と主張《しゅちょう》している。

「戦うときが来たんじゃないかね？　世間は、新しい王——つまりわたし——を望んでいる。エンカンゾ、あんたはそろそろ……」

魔法百科

魔《ま》法《ほう》の杖《つえ》

ザーのような半人前の魔法使《まほうつか》いは、カバの木の杖《つえ》しか使えない。オークの杖《つえ》は、どの魔法《まほう》にも使え、ヤナギの杖《つえ》は、治療《ちりょう》に向いている。トネリコのものは、変身や恋《こい》の魔法《まほう》に効《こう》果的《かてき》だが、あつかいがむずかしい。ブラックソーンは、戦いや黒魔法《くろまほう》に用いる危険《きけん》な杖《つえ》だ。イチイの杖《つえ》は、偉大《いだい》な魔法《まほう》使《つか》いだけが持つことをゆるされる。

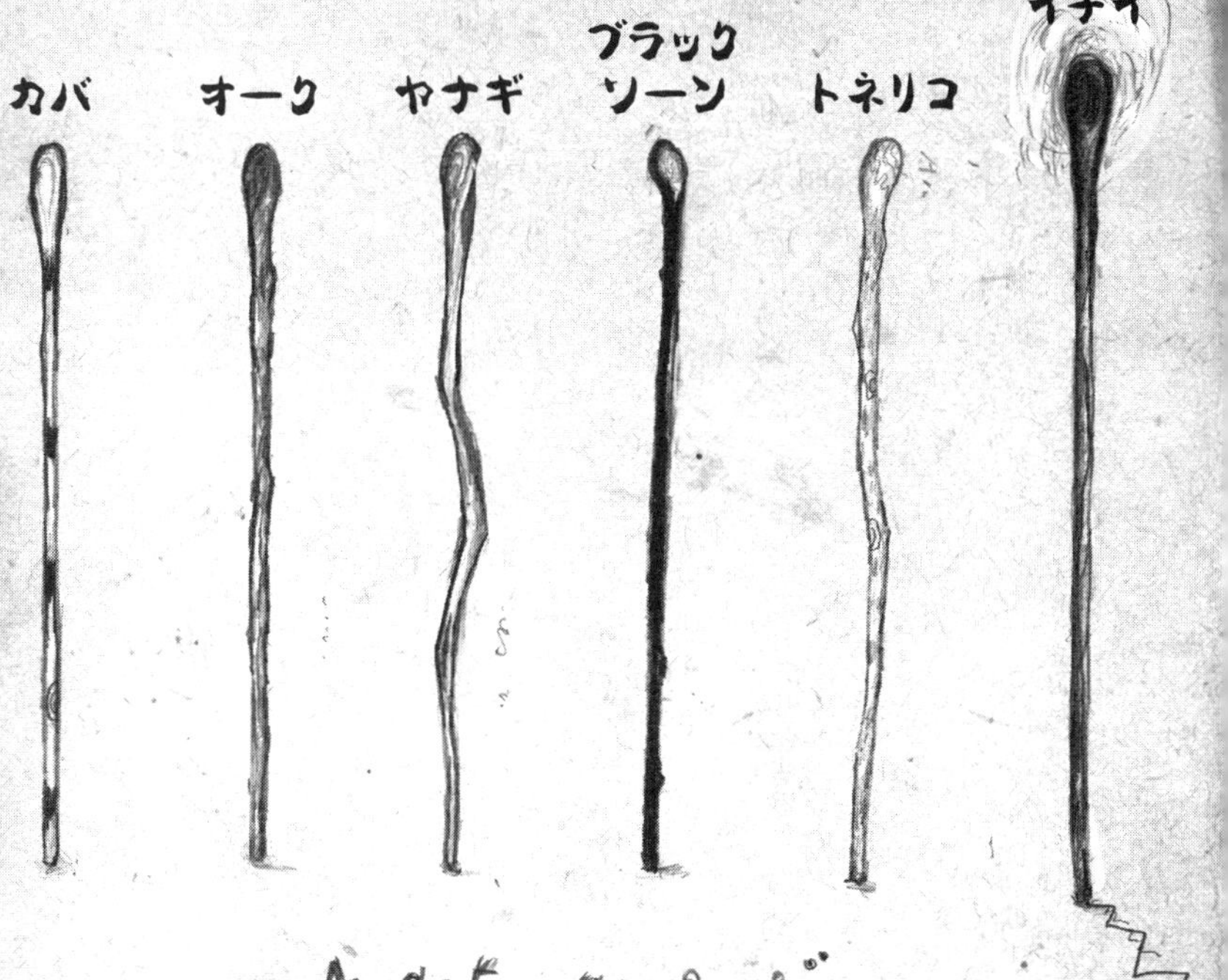

4,905,632ページ

炎《ほのお》のリングでは、若《わか》い魔《ま》法使《ほうつか》い向けの競技会《きょうぎかい》がおこなわれていた。ルーターは、順調に勝ちすすんでいた。そこへ、ザーが、クマやオオカミを引きつれてあらわれた。ザーの妖《よう》精《せい》たちは、あたりを飛びまわり、あいさつがわりに人の帽子《ぼうし》をぬすんだり、鼻をつねったりしたあと、たった二秒で、さらにたくさんのいたずらをした。アリエルは、ごちそうのならんだテーブルの下にもぐりこみ、食事をしている魔《ま》法使《ほうつか》いたちの靴《くつ》のひもをこっそりとむすびあわせた。これで、立ちあがって歩こうとしたとたん前につんのめり、うまくいけば、シチューなどのどろどろの食べ物に顔からつっこむはずだ。タイムロスは、床《ゆか》を氷に変えた。ほかの妖精《ようせい》たちも、似《に》たようないたずらをした。

「ザー、ここで、何やってんだ？　まだ魔力《まりょく》は、おりてきてねえんだろ？」ルーターは、弟をあざけるようにいった。

「兄《にい》さんと勝負がしたい」

「どうやって？　弟ちゃんよ、まさか、黒魔《くろま》をつかまえたとか、いいだすんじゃねえだろうな」ルーターは、わらいころげているなかまたちのほうを向き、親指をうしろにそらしてザーをさししめした。「この負け犬は、黒魔《くろま》をつかまえ、魔力《まりょく》をぬすむとぬかしやがったんだぜ」

「ハッハッハッハッハッハッ！」

ザーは、それがどうした、というふうに肩《かた》をすくめた。

「で、マジで黒魔《くろま》をつかまえたんだとしたら、どうするつもりだ？　ためしに、おれに魔《ま》法《ほう》を使ってみろよ。それとも、こわいか？」

「ルーター、気をつけて。ザーは、ほんとに、何かつかまえてた。おらには、何か、わかんなかったけど」ダーキッシュがいう。

「黒魔《くろま》なわけがねえ。バブバブザーちゃんよ、おまえは魔法《まほう》が使えねえ。忠告《ちゅうこく》したはずだ。競技会《きょうぎかい》に出ようなんてバカな気を起こしたときには、うちのめしてやるってな」

ザーは、白線でえがかれたリングに足をふみいれた。ブーンと羽音のような音とともに、白線から魔光《まこう》が放たれ、兄弟をドーム型のバリアでおおう。ふたりは、砂嵐《すなあらし》のような音を立てるうすい膜《まく》の中だ。

だれもがだまりこんだ。何かが起きる予感がする。タイムロスとバンブルブーズルは、杖《つえ》をとりだした。だが、リングに入ってしまったザーを助けることは、もはやできない。

ザーは、自力《じりき》で戦わなくてはならないのだ。ルーターに向かって、いきおいよく両手をのばす。

「おいおい、杖《つえ》なしで魔法《まほう》をくりだそうってのか？」ルーターのあざけりに、なかまたちはどっとわらった。

杖《つえ》を使わずに魔法《まほう》をかけるには熟練《じゅくれん》した技《わざ》が必要で、エンカンゾ王のような大魔法使《だいまほうつか》いにしかできない。

「兄《にい》さん、覚悟《かくご》しろ。おれには、黒魔《くろま》の魔力《まりょく》だけじゃなく、鉄に通用する魔力《まりょく》もあるんだ」

「ハッハッハッハッハッハッハ

ッ！」若《わか》い魔法使《まほうつか》いたちが、またわらいころげる。

「へえ、そうかい」ルーターは、鼻を鳴らした。こいつは、最高にわらえる。

「ああ、そうだ。おれは、運命の勇者、えらばれし者なんだ」

ザーは、黒魔《くろま》の血のあとのついた右手を自信たっぷりに空に向かってつきあげた。魔力《まりょく》を感じろ……魔力《まりょく》を感じるんだ……。

「頭で想像《そうぞう》し、指で感じなさい」先生は、いつもそういう。

怒《いか》りがふつふつとわきあがり、ザーの顔は、みるみる赤くなった。これでは、魔法《まほう》をくりだそうとするたびに失敗した今までと同じだ。

そう、何も……何も起こらなかったのだ。

万が一、頭のおかしい弟が例の絶滅《ぜつめつ》したはずの生き物をつかまえていたときにそなえ、

ルーターは、リングのはしぎりぎりを用心しながら歩いていた。ありえないとは思ったが、何せ相手はザーだ。ありえないことをやるのが、ザーだった。

だが、そんなルーターも、ほっと安心した表情《ひょうじょう》を見せると、杖《つえ》をさも大事そうに手に持って、さげすむようにいった。

「あれあれ？　運命のぼっちゃん、えらばれし者ちゃん、おっそろしい黒魔《くろま》の魔法《まほう》とやらを披露《ひろう》してくれるんじゃなかったのか？」

「どこが運命の勇者だ！」リングの外にすずなりになった若《わか》い魔法使《まほうつか》いたちがわらう。

「なんでだ……」ザーは、うろたえた。「おれは、運命の勇者なんだ。それなのに……いや、魔法《まほう》を使えるはずだ」

ちくしょう！　ザーは、心の中で悪態《あくたい》をついた。魔法《まほう》の剣《けん》をはじめ、どれもこれも天のおつげにちがいないと思っていたのに。かんちがいだったのだろうか。だが、黒魔《くろま》の血でないなら、あれは、なんだったんだ？

たのむ、たのむから、みんなの前で、オオカミ人間なんかに変身させないでくれ。そんなみっともないことだけは、いやだ。カリバーンのいうことを聞けばよかったと思ったのは、これで何度目だろう。なんだか体じゅうがむずむずしてきた。今にも、全身の毛穴《けあな》から長い毛が生えてきそうだ。

「おまえは、まだ魔法《まほう》が使えねえ。けど、おれは使えるんだな。どうやるか、見せてやるぜ。そうだな……肩《かた》ならしに、これなんかどうだ！」ルーターが、杖《つえ》を弟に向ける。先っぽから稲妻《いなずま》が放たれ、白い光がザーの胸《むね》を直撃《ちょくげき》した。

ザーは、ふきとばされ、魔光《まこう》のバリアに当たって落ちた。くそっ。くらくらしながら立ちあがる。こんなはずじゃなかったのに。

「次は、おまえを緑色にしてやるぜ」ルーターは、にやりとわらうと、魔法《まほう》の火花をふりかけた。

とたんに、ザーは、腹《はら》に強烈《きょうれつ》なパンチを食らった。悲鳴を上げるのは、けんめいにこらえたが、今度はリングの反対側にふきとばされ、地面に転がりおちたときには、全身が緑色になっていた。

「次は赤……黄色……ピンク！」

そのたびに、ザーは、あちこちにふきとばされ、体の色が変わった。胃の中のものがこみあげてきたが、みんなの前でははきたくない。

「ハッハッハッハッハッハッ！」ルーターの子分や、ザーにいじめられたことのあるおさない魔法使《まほうつか》いたちが、わらいころげる。

「こらしめてやる。一生わすれられねえくらいにな」とルーター。

ザーは、あまりの痛《いた》みにうずくまり、うめいている。

「おチビちゃん、今度は小さくしてやるぜ」ルーターは、杖《つえ》の先をザーに向け、ぶつぶつと呪文《じゅもん》をとなえた。「ち――ぢ――め……ちぢめ……」

それだけは、やめてくれ。ザーは思った。その魔法《まほう》は、とんでもなく痛《いた》いんだ。それに、おれは、もともと大きいほうじゃない。ああ、魔法《まほう》の剣《けん》をぬかなければ。

だが、剣《けん》をぬく間《ま》もなく、ルーターの杖《つえ》の先から魔法《まほう》が放たれ、ザーに命中した。

ザーの体から、無数の火花が散る。

ザーは、悲鳴を上げそうになるのを、必死にこらえた。額《ひたい》から始まったつねられるような痛《いた》みが、全身に広がる。着ている服がよろいに変わり、ゆっくりとちぢんでいくかのような痛《いた》みだ。

「おれの勝ちをみとめろ！」ルーターは、うしろへ下がり、ザーに降参《こうさん》するようせまった。「まいったといえ！」

「だれが降参《こうさん》するか！」ゆがんだ口から、みょうにかん高い声がもれる。

「そんなら、もっとちぢんでもらうぜ」

ふたたび魔法《まほう》にうたれると、さすがのザーも絶叫《ぜっきょう》した。骨《ほね》がくだかれるような激痛《げきつう》が走る。

ちくしょう。これじゃあ、魔法《まほう》の剣《けん》をぬけやしない。

「降参《こうさん》するか？」

「するもんか！　兄《にい》さん、おれを本気で怒《おこ》らせたな！」

このひとことに、ルーターはわらいすぎて、杖《つえ》を落としそうになった。

「おまえを本気で怒《おこ》らせちまったか。おー、こわっ」

ルーターが、わらいつづけているすきに、ザーは剣《けん》を手にとった。ぎりぎり間に合った。あとちょっとでもちぢんでいたら、柄《え》をにぎれなかっただろう。

手に力をこめる。

反撃《はんげき》の始まりだ。

シュッという小気味のいい音とともに、ザーは魔法《まほう》の剣《けん》を一気に引きぬいた。ふたりの戦いを見守っていた魔法使《まほうつか》いたちの表情《ひょうじょう》が、軽蔑《けいべつ》からおどろきへ、おどろきから恐怖《きょうふ》へと変わる。ザーの手にしている剣《けん》が、何でできているかに気づいたからだ。

鉄の剣《けん》だ！

ルーターは、あとずさりした。

「て、鉄の剣《けん》は、き、き、基地《きち》に持ちこんじゃいけねえはずだ」ルーターが、しどろもどろにいった。「い、いかれたやつめ、どこで手に入れた？」

「戦士族の要塞《ようさい》にしのびこんで、やつらのお高くとまった鼻の先からぬすんできた」ザーは、何食わぬ顔でウソをついた。「これは、黒魔殺《くろまごろ》しの剣《けん》だぞ。見てのとおり、おれにも魔力《まりょく》がおりてきたってわけさ。こうやって、鉄の剣《けん》を思うままにあつかえるんだから」

ルーターは、じりじりと近づいてくるザーに向かって、あわてて魔法《まほう》の稲妻《いなずま》を放った。

だが、命中する前に、まっぷたつに切りさかれてしまった。

「また小さくなる魔法《まほう》か？」とザー。「おれに近づかれたくなかったら、もう一回、やってみな」

　こうして、本気の戦いが始まった。

　ルーターが杖《つえ》から放つ魔法《まほう》の稲妻《いなずま》は、ことごとく、ザーに当たる前に切りさかれ、むなしく地面に落ちた。

　魔法《まほう》の剣《けん》は、まるで生きのいい魚のように機敏《きびん》だった。敵《てき》の動きを読んでいるのは、明らかだ。といっても、ザーは、ウィッシュほど小さくも軽くもなかったので、自分自身が動いているのか、それとも剣《けん》に動かされているのか、はっきりとはわからなかった。だが、とつぜん世界一の剣士《けんし》になったのは、まちがいない。

　今や、まわりの魔法使《まほうつか》いたちは、ルーターの魔法《まほう》の稲妻《いなずま》をつづけざまにふせぐザーを、尊敬《そんけい》のまなざしで見つめていた。

「兄《にい》さん、どうだい？　おれの魔法《まほう》は」ザーが、おおげさに剣《けん》をふるっていう。

最高の気分！　胸《むね》がすく思いだ。何もかも、夢《ゆめ》に見たとおりじゃないか。

ヘリオトロープが、こういっているのが聞こえた。

「わあ、剣《けん》って、杖《つえ》よりかっこいいんだね」

すると、リーフソングが答える。

「ザーは、ほんとに運命の勇者なのかも」

おれは、スターだ！　ザーは、天にものぼる気持ちだった。これで、みんなも思いしるだろう。

ところが、そこから、調子がくるいはじめた。

とつぜん、魔法《まほう》の剣《けん》が、ザーを左右にはげしくふりまわしはじめたのだ。

な、なんだ？

ほんの少し前まで、剣《けん》は、まるでザーと一心同体であるかのように、意のままに動いてくれていた。ところが、今は、ザーの手から、にげだそうとしている。

ザーは、柄《え》を両手でしっかりとにぎりしめた。すると、剣《けん》に引っぱられ、一メートルほ宙《ちゅう》にうきあがった。剣《けん》が、ザーの手をふりきり、魔光《まこう》のバリアをつきぬける。その瞬《しゅん》間《かん》、大爆発《だいばくはつ》が起きた。

バーーンッ！

魔光《まこう》のバリアははげしく飛びちり、ホールの天井《てんじょう》のあちこちに穴《あな》をあけた。カボチャ大の火球が、ホールを飛びかう。

一方、魔法《まほう》の剣《けん》は、天井《てんじょう》にあいた穴《あな》からザーの部屋へ飛んでいった。

けむりがうすれると、ザーとルーターは、床《ゆか》にあおむけにたおれ、ゲホゲホとせきこんでいた。

ザーの足元から向こうはしまで、床《ゆか》に大きな亀裂《きれつ》ができている。

「**いったい、何ごとだ？**」

大魔法使《だいまほうつか》いの氷のようにつめたい声が、ひびきわたった。

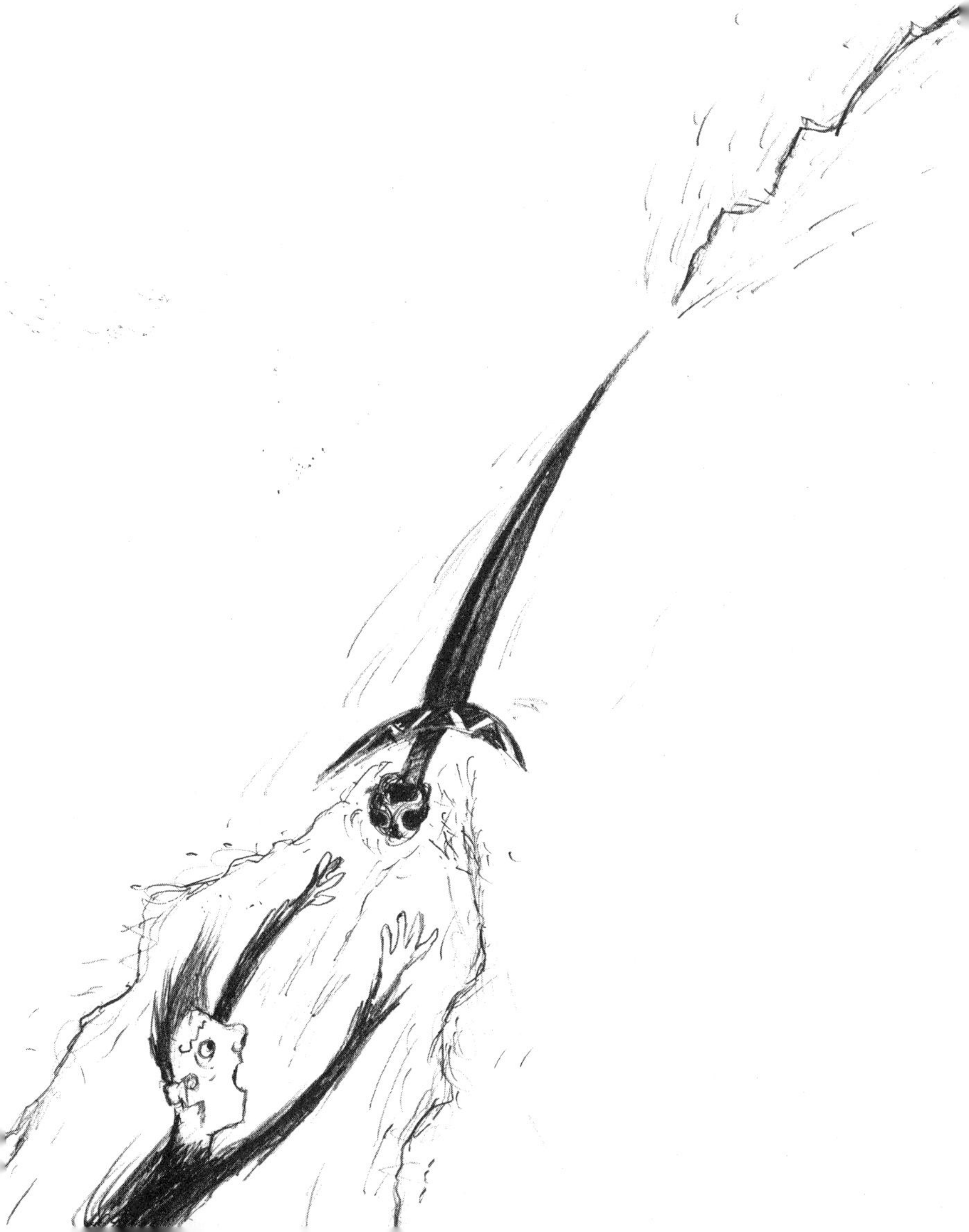

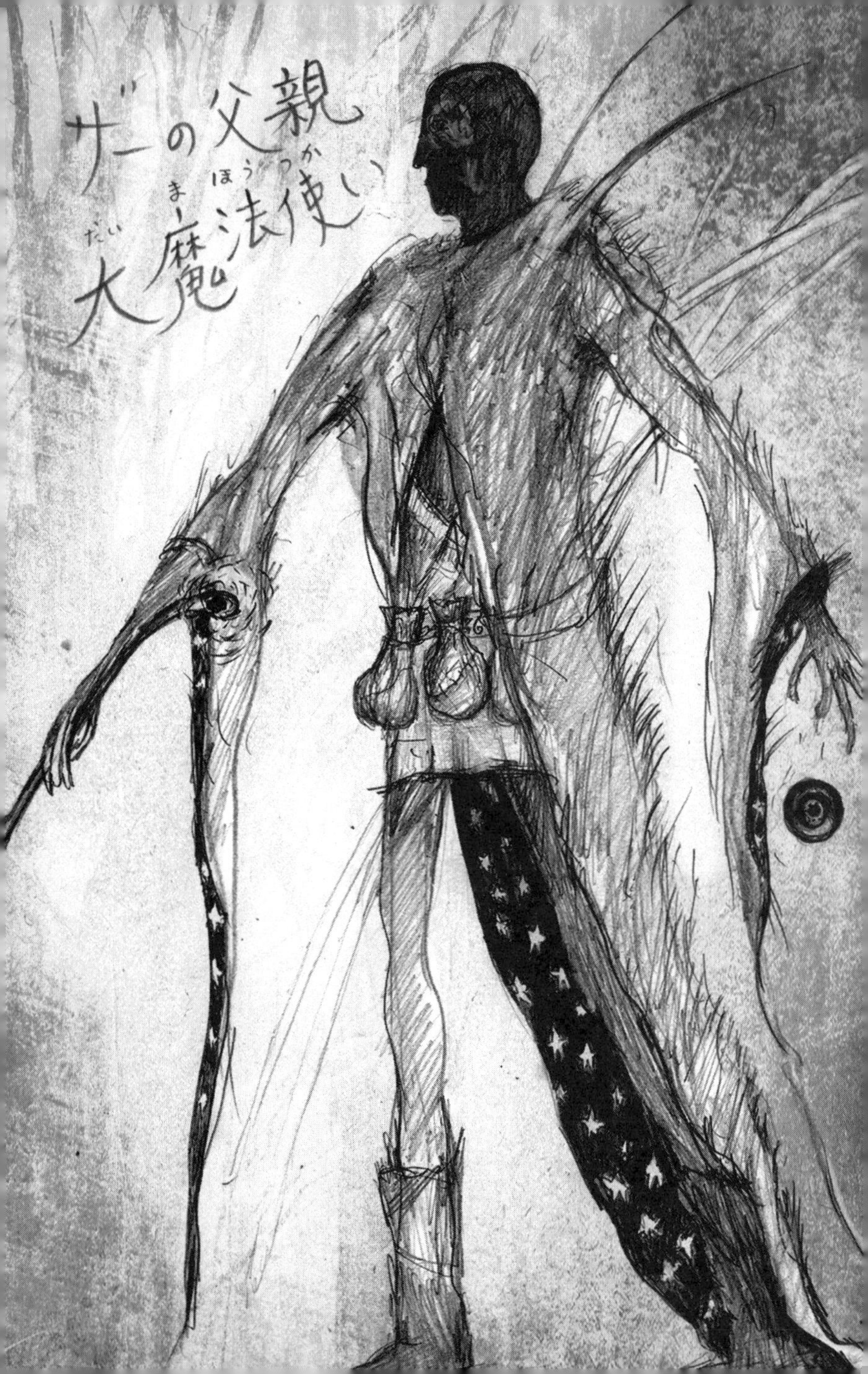
ザーの父親
大《だい》魔《ま》法《ほう》使《つか》い～

9 大魔《だいま》法《ほう》使《つか》いエンカンゾ王

大魔法使《だいまほうつか》いエンカンゾ王は、もともと背《せ》が高かったが、魔法《まほう》のおかげで、じっさいよりもさらに高く見えた。といっても、王の姿《すがた》を、はっきりと見るのはむずかしい。輪郭《りんかく》がぼんやりしていてあいまいで、つねに変化しているからだ。だが、よせては返す波のようにゆらゆらと変わる顔の下には、岩のように強くかたい意志《いし》が見てとれた。

絶大《ぜつだい》な力をほこる、このエンカンゾ王には、ただ静かに立っているだけでも、まわりのものをおそれさせる何かがある。右手の指のつめの一本が真っ黒だが、その理由をたずねる勇気は、だれにもなかった。

王の両わきに、年老《としお》いた巨大《きょだい》なスノーキャットが二頭、戸口を守る像《ぞう》のようにすわっている。

ザーとルーターは、あわてて起きあがった。ふたりとも、まるでぼろぼろのかかしだ。

「ザー！　いったい、何ごとだ？　なぜ、おまえが魔法競技会《まほうきょうぎかい》に出ておる？」エンカンゾ

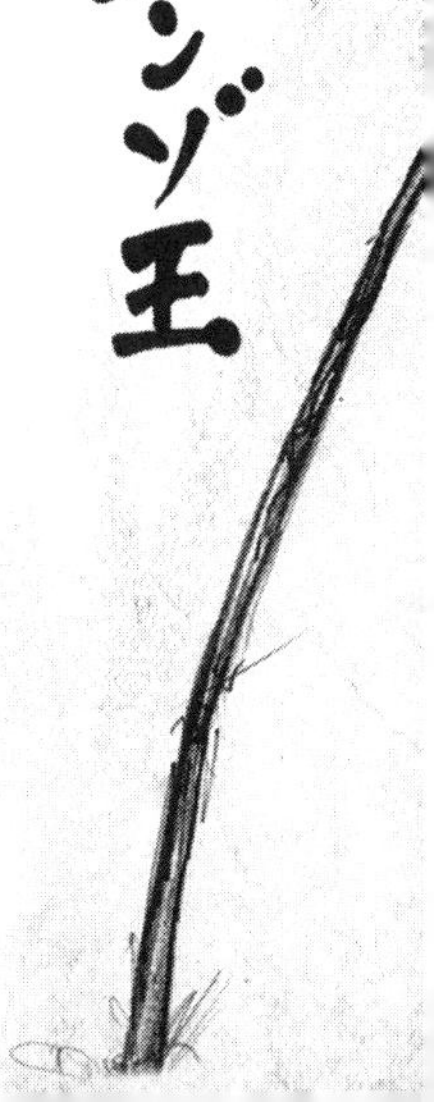

王はきびしい口調《くちょう》でいうと、ふいに声をやわらげてつづけた。「ついに魔力《まりょく》が、おりてきたのか？」

期待に満ちた声。エンカンゾ王は、息子に魔力《まりょく》がおりるのを、それほど待ちのぞんでいるのだった。

「ああ」ザーが答える。

「ウソつけ！」とルーター。

「ザーよ」王の声が、ふたたびきびしくなった。そこには失望のひびきも、混《ま》じっていた。「おりてきたのか、きていないのか？」

「まだ……かも」ザーは、うなだれた。

「ならば、いかなる理由で、競技会《きょうぎかい》に出て――」

「しかも、こいつは、ずるをしたんです。まったく、手に負えないやつだ！」はらわたの煮《に》えくりかえっていたルーターは、つい、父親をさえぎってしまった。「ザーは、今日《きょう》、ダークウッズへ行ったんです。黒魔《くろま》をつかまえて魔力《まりょく》をうばうんだとか、バカなことをいって。おまけに、鉄の――」

ルーターは、鉄の剣《けん》のことをいいつけようとした。だが、話をさえぎられて気分を害した王に、魔法《まほう》で口をとじられてしまった。エンカンゾ王が小指を少し動かしただけで、ルーターの口は、鍵《かぎ》がかけられたかのように開かなくなったのだ。

すると、ランターが前に飛びだした。ザーに上級魔法使《まほうつか》い学《がく》を教えている先生だ。いつも気どっていて、鼻はえらぶったロブスターにそっくり、五重あごは、つねにプルプルとふるえ、気位の高い老妖精《ろうようせい》をしたがえている。だが、どんなに気どったところで、ブヒブヒと鼻を鳴らす六ぴきの子ブタにつきまとわれていたら、こっけいとしかいいようがなかった。

「ですから、これまで重ね重ね申しあげてきたのです！　ところが閣下《かっか》は、お聞きくださらなかった」ランターは、大きな声でいった。「今日《きょう》のことは、あまたある悪行のひとつにすぎません。ここ一週間で、ご子息は、スノーキャットにまたがって基地《きち》の旗ざおに登り、魔法族《まほうぞく》の旗をはずして、あろうことか、閣下《かっか》のおパンツを掲揚《けいよう》したのでございます。さらには、西側の森に火をつけ――」

「あれは、事故《じこ》だったんだ！」ザーがいいかえす。「えんとつの妖精《ようせい》をからかってたら、真に受けたあいつらが……っていうか、おれは、その場にいなかったし」

ランターは、さらに怒気《どき》をおびた声で、最後の苦情《くじょう》をうったえた。あまりの怒《いか》りに、五重あごが、ぶるんぶるんとゆれ、ぶつかりあう。

「何よりもゆるしがたいのは、ブタのえさおけにシンジツノアイ薬をたらしいれたことでございます。おかげで、ブタたちは、とんでもない行動をとりまして……」

エンカンゾ王は、息子のひどいいたずらに腹《はら》を立ててはいたが、わらいがこみあげてくるのをおさえられなかった。何せ、堅物《かたぶつ》のランターが、子ブタたちにうっとりと見つめられているのだ。

「うむ。いかなる理由で、子ブタをしたがえておるのかと、いぶかしんでいたところよ。

そちほどりっぱな魔法使《まほうつか》いに似《に》つかわしくない」

「好きでしたがえているのでは、ございません！　ご子息が、しむけたことでございます！　それに、閣下《かっか》、おもしろがっている場合ではございませぬぞ。ザーさまのふざけぶりときたら、目にあまるものがございます。また、魔力《まりょく》がおりてこない事実は、一族の恥《はじ》ともなりましょう」

「ザー、おまえの言い分は？」とエンカンゾ王。

「証拠《しょうこ》がないじゃないか。運命の勇者、ザーは、公正な裁《さば》きをもとめる！」ザーは、こぶしを宙《ちゅう》にふりあげた。

「よろしい。して、ザーよ、それを出したまえ」王は、ザーのベルトのポケットから飛びだしている包みを指さした。

ザーがしぶしぶとりだすと、王は包みを開《あ》けるよう命じた。

中からは、ところどころ焼けこげた魔法族《まほうぞく》の旗が出てきた。そして、その旗でくるんであったのは、中身が半分に減《へ》ったシンジツノアイ薬のビンだった。

王は、旗を受けとり、ふって広げた。

魔法百科

シンジツノアイ薬

シンジツノアイ薬を飲むと、そのあと最初に見たものを好きになる。

また、この薬は、ウソ発見薬でもあり、持っているものがウソをつくと、液体《えきたい》の色が赤から青に変わる。

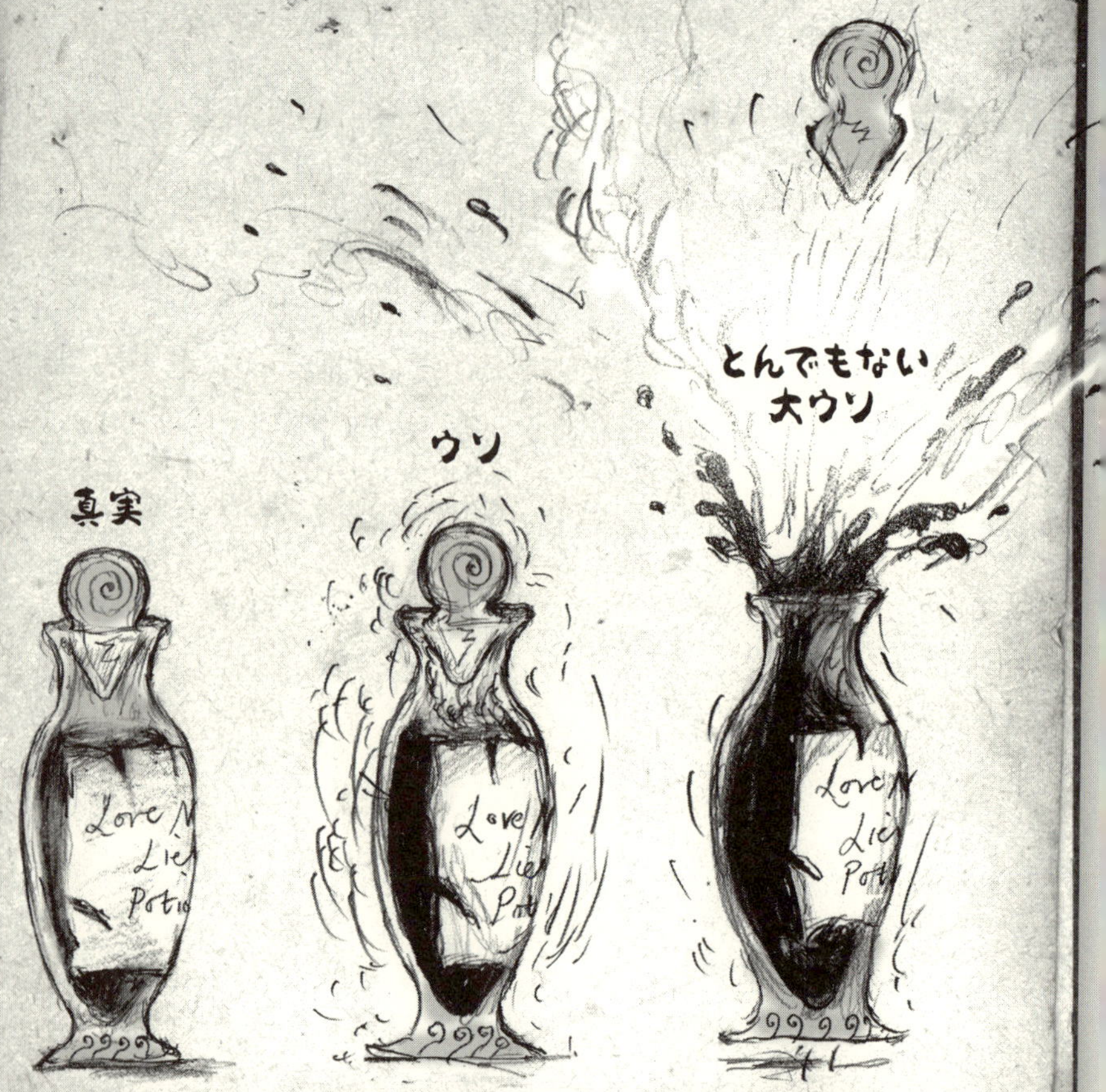

「これこそ、証拠《しょうこ》ではないのかね？　おまえに有罪《ゆうざい》を宣告《せんこく》する」

「そんな旗、見たことない！」

だがあいにく、ザーは、シンジツノアイ薬を手に持っていた。この薬には、ふたつの作用がある。ひとつは、液体《えきたい》を飲んだりかいだりすると、そのあと最初に見たものを好きになってしまう。もうひとつは、ビンを持っているものがウソをつくと、液体《えきたい》の色が赤から青に変わる。

エンカンゾ王は、シンジツノアイ薬をじっと見つめた。色が、赤から、かすんだ青に変わった。

「だれかが、その旗とシンジツノアイ薬をおれのポケットに入れたんだ。おれは、なんにも知らない！」ザーは、ウソをつきとおそうとした。

この大ウソぶりに、シンジツノアイ薬は、青から黒に変わった。ビンの中にけむりが立ちこめ、ぐらぐらとゆれる。と、コルクの栓《せん》がいきおいよくぬけた。ザーは、急いでしめなおしたが、液体《えきたい》が飛びちり、ランターの足元にまとわりついていた子ブタにふりかかった。ふたたび新鮮《しんせん》な魔法《まほう》にかかった子ブタたちは、これまで以上にブヒブヒとうれしそうに鼻を鳴らし、ランターにすりよった。

「ひぇえええええ!」ランターが、必死に手でおいはらう。「あっちへ行け! シッシッ! けがらわしいけものめ、シッ!」

この状況《じょうきょう》に大わらいしたのは、ザーだけだった。というのも、エンカンゾ王は、すっかりふゆかいになっていたからだ。稲妻《いなずま》のような眉《まゆ》をしかめ、タカを思わせるけわしい目で、息子をじっと見下ろした。

「おまえは、ランターとルーターから受けたそしりのすべてにおいて有罪《ゆうざい》であるばかりか、不正直者にして盗人《ぬすっと》である」エンカンゾ王は、きびしい顔でいった。

なんて父親だろう。なぜ、王は、いつもザーをみじめな気分にさせるのか。

「くだらぬ悪行はやめ、おとなになりたまえ」王はつづけた。「大半は、愚《ぐ》にもつかぬ幼《よう》稚《ち》ないたずらであるが、黒魔法《くろまほう》の力を得ようとこころみた件《けん》は、過去《かこ》に追放の例があるほど深刻《しんこく》な犯罪《はんざい》である」

「ですから、ザーさまを追放すべきでございます!」ランターは、ここぞとばかりにさけんだ。「大魔法使《だいまほうつか》いエンカンゾ王の末《すえ》のご子息が魔法《まほう》を使えないとは! 恥《はじ》です! あるまじきことです！　ザーさまに永遠《えいえん》に魔力《まりょく》がおりてこなかったら、どうなさるおつもりですか？　一族は、マジックウッズじゅうのわらいものになりますぞ」

ザーの胃が、ぐにゃりとねじれた。

「ザーよ、おまえの考えることはおろかが過《す》ぎ、追放する気も起きぬぞ」王は、だれもがひるむつめたさでいった。「まだ十三歳《さい》であろうと、黒魔《くろま》が絶滅《ぜつめつ》したことくらい、知っておるはず。万にひとつ、黒魔《くろま》というものが存在《そんざい》するとして、つかまえようとするなど狂気《きょうき》の沙汰《さた》である」

王は、人さし指をザーに向けた。大魔法使《だいまほうつか》いともなると、杖《つえ》なしで魔法《まほう》をくりだせる。人さし指から放たれた魔法《まほう》は、あまりにも純度《じゅんど》が高く、見えさえしなかった。

ザーは、自分の黒ずんだ服にしめつけられ、ゼーゼーとあえいだ。足元を見ると、砂《すな》の地面に、ヘビの模様《もよう》が次々とうかびあがる。ヘビたちは、身をよじり、地面をあちこちはいまわったかと思うと、足をつたってザーの体にまきついた。体が、ゆっくりと宙《ちゅう》にうかびあがる。シューシューと音を立てるヘビたちは、いったんどろりととけて、ふたたびかたまり、くさりと化した。

気づくと、宙《ちゅう》にういたザーは、全身をくさりでしばられていた。

「おろせ！」ザーは、怒《いか》りにまかせてさけんだ。

「おまえは、余《よ》の命令にさからい、ダークウッズへ足をふみいれた。黒魔法《くろまほう》を手に入れかけ、魔法競技会《まほうきょうぎかい》で不正をはたらこうとした。相応《そうおう》の罰《ばつ》が決まるまで、そうしておるがよい」

「なんで、罰《ばつ》を受けなきゃならないんだ！」ザーは、くさりから自由になろうと身をよじり、宙《ちゅう》をけった。「不公平だ！　なんで、いつもおればっかりしかられるんだ？」

「しかられるようなことをするのが、いつもおまえだからだ」

するとカリバーンが、つばさを広げて王に近づき、その耳元にささやいた。

「閣下《かっか》、落ちついてくだされ。子育ての鍵《かぎ》は、忍耐《にんたい》ですぞ。子どもの立場に立って、ものごとを見るべきです」

「余《よ》は、これ以上ないほどたえてきた」王は、歯ぎしりをした。「されど、もう限界《げんかい》だ。息子は、王にしたがうことを学ばねばならぬ。したがえないのであれば、罰《ばっ》するまでだ」

「罰《ばっ》すれば罰《ばっ》するほど、ますます反抗的《はんこうてき》になりますぞ」とカリバーン。

すると、デメンドールが、あごひげをなで、人さし指をぴんと立てた。

「魔力《まりょく》がおりてこないのは、神々にご不満がある証《あかし》じゃ！」デメンドールは、いにしえの時代から魔法族《まほうぞく》に伝わるドルイド教の神官だ。

「そのとおりだと思うね」スウィベリが、口をはさんだ。エンカンゾを王座《おうざ》から引きずりおろす機会を、つねにねらっているのだ（くわしくは、またいつか話そう）。「息子ひとり、いうことを聞かせられないようじゃ、魔法族《まほうぞく》の王失格《しっかく》じゃないかね？」

ああ、父であり王であることは、なんとむずかしいのだろう。それなのに、人はだれでも、自分のほうがよりよい父、よりよい王になれるとかんちがいする。

「みなの者、しずまれ！　助言は、余《よ》がもとめたときのみでよい」王は、声をはりあげた。

「ザーは、ただ魔力《まりょく》がおりてこないがゆえに、幼稚《ようち》な反抗心《はんこうしん》を起こし、なかまの前でよいかっこうをしようとしたまでだ」

ザーは、かっとなった。

「少なくとも、おれは、行動を起こしてる！　自分でなんとかしようと思ってる。けど、父《とう》さんは、何もしてないじゃないか！」

ホールじゅうの魔法使《まほうつか》いが、息をのんだ。王の輪郭《りんかく》が怒《いか》りでぼやけ、火花がバチバチと散る。頭上に濃《こ》い霧《きり》があらわれ、一気に暗くなった。かみなりが、ゴロゴロととどろく。

カリバーンは、つばさで目をおおった。ザーは、追放されたいのか？

「なんで、真っ向から戦士族と戦おうとしないんだよ？」ザーはつづけた。「わたしがいいたかったのは、まさにそれなんだよ」スウィベリが、目をぎらぎらさせ、いやにあまい声でいった。「王の仕事ぶりは、じつの息子でさえ、ひとこといいたくなるような――」

最後までいえなかった。というのも、エンカンゾ王が宙《ちゅう》を指で軽くはじいたとたん、スウィベリのつけていた首かざりがきつくしまり、窒息《ちっそく》しそうになったからだ。

「勝利に確信《かくしん》を持ったときには、むろん立ちむかおうぞ」王は、怒《いか》りをおさえていった。「どうして勝てないと思うんだよ。あいつらは、おれたちの森を焼き、おれたちの巨人《きょじん》を殺し、おれたちの生活をめちゃくちゃにしてる！　それなのに、おれたちときたら、おどおどとかくれて、バイオリンをかなでたり、なんの役にも立たない魔法《まほう》や呪文《じゅもん》をかけてるだけだなんて！」

エンカンゾ王の目が、めらめらと燃《も》えあがった。

「かくれるなんて、弱虫のすることだ。おれたちに、臆病者《おくびょうもの》になってほしいのか？　それは、父《とう》さんが臆病者《おくびょうもの》だからじゃないのか？」

「だまれ！　だまらぬのなら、だまらせるまでだ！　魔法《まほう》で口をかたくむすんでほしいか！」

「どうぞご自由に。おれはこまらない」

「もうよい。おまえの罰《ばつ》は決まった。子分の妖精《ようせい》と動物ともども、これより三日間部屋を一歩も出てはならぬ」

「へっ、それだけ？」ランターが、ぼそりという。

「そんな！」ザーは、うちひしがれた。

「しからば、今後は、いうことを聞くのだ」父親は、これ以上ないほどきびしい声でいった。「もう、口を開くでない」

「けど、いうことを聞かなかったのは、おれだけだ！　なかまは、悪くない！　罰《ばつ》を受けるのは、おれだけにしてくれ！」

「三日だ。口を開くごとに、一日のばす」怒《いか》りで真《ま》っ青《さお》になった王は、さらにつめたくいいはなった。

ザーは、いいかえそうと口を開《あ》けたが、すぐにとじた。

「四日だ。四日間、部屋から出てはならぬ。これ以上余《よ》にそむけば、妖精《ようせい》も動物も永遠《えいえん》にとりあげようぞ！」

それは、こまる。とてもこまる。

ザーは、だまるしかなかった。

「魔法族《まほうぞく》の長《おさ》は余《よ》であることを、肝《きも》にめいじたまえ。我々《われわれ》が何者であるかを、今一度思いだすがよい」王はつづけた。「おまえは、ザー、おまえは、自分をずいぶんと高く評価《ひょうか》しているようだが、じっさいは、うぬぼれが過《す》ぎ、むだに反抗的《はんこうてき》で、あきれるほど自己中心的《じこちゅうしんてき》だ。くわえて、黒魔《くろま》の魔力《まりょく》をうばおうなどと考えるとは、魔法使《まほうつか》いであることの根本を理解《りかい》しておらぬ。魔法使《まほうつか》いはよい魔法《まほう》、すなわち白魔法《しろまほう》の使い手であるべきなのだ。チャンスを、もう一度だけやる。善《よ》きふるまいを心がけるのだ。次に余《よ》を怒《おこ》らせたら、おまえは動物とも妖精《ようせい》とも引きはなされ、魔法族《まほうぞく》を追放されると覚悟《かくご》したまえ」

「父《とう》さんは、本当はおれのことなんか、どうでもいいんだ」ザーは、声をかぎりにさけんだ。「魔法《まほう》が使える息子しか、ほしくないんだ！」

「だまれ！」

エンカンゾ王が腕《うで》を大きく広げると、床《ゆか》にちらばっていた破片《はへん》——魔法《まほう》のドームの爆発《ばくはつ》でこなごなになった柱や階段《かいだん》——がうかびあがり、ミツバチの群《む》れのように集まりはじめた。王が、目には見えないオーケストラを指揮《しき》するように腕《うで》を動かす。破片《はへん》は、その指揮《しき》に合わせて動いた。

「ものをこわすのはたやすいが、余《よ》は戦士族とことなり、破壊《はかい》に心は動かされぬ。創造《そうぞう》のほうが、どれだけ難儀《なんぎ》なことか。創造《そうぞう》……魔法使《まほうつか》いの存在《そんざい》の意義《いぎ》は、そこにあるのだ。音楽をかなでろ、バイオリンよ、音楽をかなでたまえ！」

いくつものバイオリンが、宙《ちゅう》にうかびあがり、ひとりでに曲を演奏《えんそう》しはじめる。

すると、ホールじゅうを、山火事のけむりのようにうずまいていた破片《はへん》が、音に合わせておどりだした。そのあまりにも大きな魔法《まほう》のエネルギーに、あっけにとられて見ている魔《ま》法使《ほうつか》いたちまで、体がほてってきた。

まさに、エンカンゾ王のひとり舞台《ぶたい》だった。創造《そうぞう》は、破壊《はかい》よりもはるかにむずかしい。これほど大がかりな魔法《まほう》をくりだせるのは、エンカンゾ王だけだ。王は、ザーやスウィベリをはじめ、ホールに集まるすべてのものたちに、魔法使《まほうつか》いのあるべき姿《すがた》を見せつけたのだった。

じっさい、それは、うまくいった。スウィベリでさえ、うっかり見とれてしまったのだから（心の中で、悪態《あくたい》をつくのはわすれなかったが）。

「創造《そうぞう》だ。ザー、生みだすのだ。そうすれば、余《よ》は、おまえをみとめようぞ」王は腕《うで》を、ときには優雅《ゆうが》に、ときには力強く動かしながら指揮《しき》をする。「だがさしあたり、余《よ》が許可《きょか》するまで、部屋にとじこもっておれ」

ドッカーン！

耳をつんざく雷鳴《らいめい》がひびき、ホールじゅうが白光りした。まいおどっていた破片《はへん》が、いきおいよくくっつきあって、ふたたび柱や階段《かいだん》となり、床《ゆか》に入った亀裂《きれつ》はふさがれた。ザーは、ヘビのくさりにかかえられ、上へ上へとうかんでいくと、自分の部屋の前まで運ばれた。ドアがパッと開く。ヘビのくさりは、ザーを前後に大きくゆらすと、いきなりはなした。ザーは、部屋の床《ゆか》に転がりおちた。

一方、エンカンゾ王は身ぶりで、ザーの妖精《ようせい》と動物たちに、あとを追うよう命じた。動物たちは、階段《かいだん》をかけのぼり、妖精《ようせい》はその頭上を飛んでいく。カリバーンも、しぶしぶつばさをはためかせ、ついていった。

ひとりのこらずザーの部屋に入ると、ドアが勝手にバタンとしまった。

「王は、あますぎます」ルーターは、ようやく口が開くようになると、不満そうに鼻を鳴らした。「ランター先生のおっしゃるとおりです。弟を追放すべきです」

エンカンゾ王は、お気に入りのルーターに向かって、めったにしないことをした。どなりつけたのだ。大魔法使《だいまほうつか》いがどなるとどうなるか。大きな口から、おそろしい魔法《まほう》がはきだされ、ルーターはふきとんだ。

王は、大またで玉座《ぎょくざ》にもどると、へたりこむように腰《こし》をおろし、頭をかかえた。

ザーは、いったいどうしたというのだ？　なぜ、まだ魔力《まりょく》がおりない？　最上の巨人《きょじん》と最高の木の塔《とう》をあたえ、もっともかしこい助言者カリバーンをつけてやったというのに……。余《よ》は、なぜこれほどまでに息子をもてあましておるのだ？

あぁ…
父であり、王であることは、
なんとむずかしいのだろう…

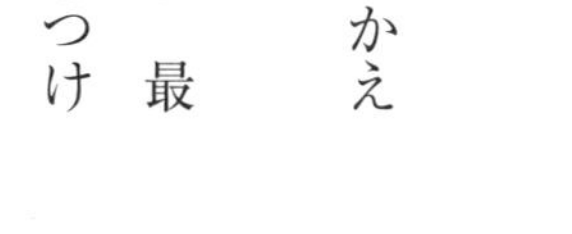

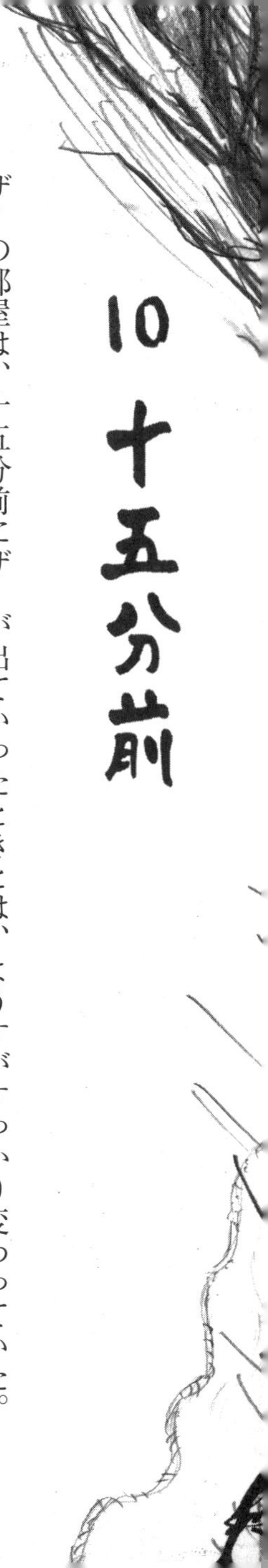

10 十五分前

ザーの部屋は、十五分前にザーが出ていったときとは、ようすがすっかり変わっていた。たった十五分の間に、おそろしい事件《じけん》が起きたのだ。この部屋に、ウィッシュとボドキンと妖精《ようせい》と動物たちが置いていかれたのをおぼえているだろうか。

それは、本当に本当におそろしい事件《じけん》だった。

説明するためには、時間を十五分まきもどさなくてはならない。

もっとも、現実《げんじつ》では、過去《かこ》にもどるのは不可能《ふかのう》だ。それは、前にもいったとおりだ。

だが物語の語り手は、ときとして、神のごとく魔法《まほう》を使うことができるのである。

十五分前のザーの部屋。下のホールでは、魔法競技会《まほうきょうぎかい》がおこなわれている。ウィッシュとボドキンは、床《ゆか》にあいた穴《あな》から、そのようすをうかがっている。

そのとき、まさにそのときだった。はげしい雨の中、足あとをのこさぬ目に見えない何かが、木の塔《とう》をはいのぼってきた。

年老《としお》いた邪悪《じゃあく》な何かが。

自分の血をとりもどしにきたアクマノトイキか。

ザーをなかまに引きいれようとやってきたオオカミ人間か。

それとも……

……べつの何かか。

魔法族《まほうぞく》の基地《きち》は、目に見えない魔法《まほう》のバリアで守られている。だが、ザーが鉄の剣《けん》を持ちこんだとき、そのバリアに穴《あな》があいてしまった。魔法《まほう》で守られた空間に、鉄の剣《けん》があけたトンネルができ、それは、ザーの木の塔《とう》、そして部屋にまでつづいた。おそろしいことに、鉄によってできた道は、だれが、いや、何が通っても、感知できない。

さらにおそろしいことに、ザーが部屋でぬぎすてた上着の内ポケットの中で、あの二片《へん》の黒い羽根が、ふちからゆっくりと緑色に光りはじめた。

スノーキャットとスクイジュース、ティフィンとクマは、ぐっすりとねむりこけていた。黒魔狩《くろまが》りのワナをしかけたり、ダークウッズの森をかけまわったりしたあとでは、むりもない。

ウィッシュとボドキンは、ひざをついて、床《ゆか》にあいた穴《あな》からホールを見下ろしていたが、ふいに何かの気配《けはい》を感じ、顔を上げた。部屋をきょろきょろと見回し、身ぶるいする。魔法《まほう》のスプーンも、ウィッシュの頭の上で、不安げにプルプルとふるえた。

下からは、競技会《きょうぎかい》のざわめきが聞こえる。

外から聞こえていた雨やかみなりや風の音が、はたとやんだ。狂人《きょうじん》にゆさぶられるゆりかごのようにガタガタとゆれていたザーの部屋も、ぴたりと動かなくなった。

異様《いよう》な静けさが、かみなりのとどろきにとってかわる。まるで森が、その緑色の手でつかまえた異様《いよう》な何かを、だまっ

てじっと見つめているかのようだ。

聞こえるのは、葉からしたたり落ち、ガラスの天井《てんじょう》に当たる雨のしずくの音だけ……。ピチャン、ピチャン、ピチャン。

魔法《まほう》でできたガラスの天井《てんじょう》の向こうには、星空が広がっている。木の枝《えだ》は、暗い夜空にえがかれた絵のように、そよとも動かない。

ウィッシュは、骨《ほね》にしみいるような冷気を感じた。ダークウッズで得体《えたい》の知れない何かに追いかけられたときに感じたのと、同じ冷気だ。何げなく、ザーが置いていった上着に目をやると、内ポケットが黄緑色に光っているのに気づき、息が止まりそうになった。まるで、だれかの呼吸《こきゅう》に合わせるかのように、光ったり消えたりしている。吸《す》いこむ空気がのどにねっとりとまとわりつき、息苦しくなった。恐怖《きょうふ》に鳥肌《とりはだ》が立ち、体じゅうの毛が一本のこらずさかだつ。ふたたび見上げると、雨のしずくがガラスの天井《てんじょう》に筋《すじ》をつくっていた。

いや、あれは、雨筋《あますじ》などではない。粘着質《ねんちゃくしつ》のぶきみな何かが、天井《てんじょう》の上をナメクジのようにズルズルとはい、おおわれたところだけ星が見えなくなる。

あるいは、あのうす気味悪い影《かげ》は、ただの目の錯覚《さっかく》か。長くておそろしい一日につかれはて、ウィッシュの目は充血《じゅうけつ》して真《ま》っ赤《か》だった。

目をこすってみたが、やはり、ガラスの天井《てんじょう》の上で黒い何かがうごめいているように思える。

黒魔《くろま》は、どんな見た目をしているんだっけ？　幽霊《ゆうれい》と同じで、ふだんは見えないけれど、おそってくるときだけは姿《すがた》をあらわすという。空気のようにすりぬけてしまっては、相手を傷《きず》つけられないからだ。

ピチャン……ピチャン……ピチャン。

ズルズル……ズルズル……ズルズル。

と、そのとき、黒い影《かげ》が、けっして目の錯覚《さっかく》ではないことがはっきりした。ささやき声が聞こえたのだ。

「ゾルイニココ……ゾルイニココ」（黒魔《くろま》は、人間の言葉をさかさまにして話す。つまり、これは、「ここにいるぞ」といっている。）

「起きて！　今すぐ起きて。この部屋からにげなくちゃ」ウィッシュは、のどをしめつけられたような声で、スノーキャットとスクイジュースとティフィンにささやいた。

風が、ふたたびふきだした。むせかえるような悪臭《あくしゅう》が、ただよってくる。毒ネズミとマムシの舌《した》を混《ま》ぜたような、鼻をつくにおいだ。ひとかぎしただけで、たおれそうになる。

あまりのにおいに、落ち葉の山にうもれて、ねむりこんでいたスノーキャットたちが、目をさました。三頭は、そろってねむたげな目を開《あ》けると、キツネのにおいに気づいたシカのように、音を立ててはいけないことをさとった。

ティフィンも、右目、次に左目を開《あ》け、ゆっくりとまたたいている黒い羽根に気づくと、ぬいぐるみのようにかたまった。

ボドキンが、ドアの取っ手に手をかける。

もちろん、ザーは鍵《かぎ》をかけていた。

「鍵《かぎ》がかかっています！　出られません！」ボドキンは、取っ手に手をかけたまま気絶《きぜつ》した。

「ボドキンってば、起きて！」ウィッシュが、金切り声を上げる。

びくっと目を開《あ》けたボドキンは、むにゃむにゃといった。

「ここふぁ、どこでふか？　なんでひょう？　どうひたんでふ？」

「ザーの部屋よ。魔法族《まほうぞく》の基地《きち》の。とんでもないものに、おそわれそうなの！」

「いったい、ナニモノかしら？」ティフィンは、ガラスの天井《てんじょう》を見上げ、とげのついた杖《つえ》をぎゅっとにぎりしめた。

「剣《けん》はどこ？　ああ、雨の神さま、助けてください。魔法《まほう》の剣《けん》がいるわ！！」ウィッシュはさけんだ。

ものごとには、すべて理由がある。

ザーには災難《さいなん》だったが、ルーターとの戦いのさなかに剣《けん》がにげだしたのには、理由があったのだ。

つまり、そのとき、剣《けん》を必死にもとめていたのは、ザーではなく、ウィッシュだったというわけだ。


ビューーーーーン！

宙《ちゅう》を切りさくような音がした。

ウィッシュが飛びあがり、ボドキンが意識《いしき》をとりもどす。
魔法《まほう》の剣《けん》が、ザーの部屋の床《ゆか》の穴《あな》から飛びこんできた。剣《けん》は、部屋の真ん中で空中停止した。ウィッシュが手をのばせば、とどく距離《きょり》で。
ああ、ヤドリギの神さま、アイビーの神さま、雨の神さま、ありがとう。
「かつて、この世には黒魔族《くろまぞく》がいた……」ウィ

ツシュは、剣《けん》の刃《は》にきざまれた文字を読みあげた。**「が、我《われ》が殺した」**

剣《けん》に手をのばす。

柄《え》をつかむ。

上からは、この世のものとは思えない金切り声。

魔法《まほう》のガラスの天井《てんじょう》の向こうに見えているどろどろとした物体は、いったん遠ざかったかと思うと、黒いかたまりとなって、いきおいよく向かってきた。

それからは、一瞬《いっしゅん》のできごとだった。

黒いかたまりは、天井《てんじょう》に激突《げきとつ》した。

ふたたび、ののしるような金切り声。

三本のかぎづめが、天井《てんじょう》をつきやぶる。カミソリの刃《は》のようにするどく、剣《けん》のような形をした、とてつもなく巨大《きょだい》な黄緑色のかぎづめだ。

ウィッシュは、悲鳴を上げた。天井《てんじょう》がなければ、切りさかれていただろう。黒いかたまりが部屋に飛びこんでくるのを、魔法《まほう》がふせいでくれたのだ。

だがガラスの天井《てんじょう》には、氷がくだける寸前《すんぜん》にできるような細かい亀《き》裂《れっ》が走った。

ウィッシュがにぎりしめた剣《けん》をつきあげると、剣《けん》はウィッシュを宙《ちゅう》に引っぱりあげた。

鉄の刃《は》が、天井《てんじょう》をつきやぶり、何やらやわらかいものに、ぐにゃりと食いこむ。

三度目の、金切り声。

黒いかたまりは、ウィッシュの真上で、もう一度金切り声を上げると動かなくなった。

ウィッシュが剣《けん》を引きぬく。ビチャッと気味の悪い音がした。

おねがい……どうか死んでいますように……。

静かだった。正体不明の何かは、きっと死んだのだ。たしかに、剣《けん》が深くつきささった感触《かんしょく》がした。

まわりでは、スノーキャットたちがうなり声を上げ、ボドキンが「一大事です、一大事です、一大事です」とおろおろしている。

黒いかたまりは、天井《てんじょう》の上にたおれ、ぴくりとも動かない。

「殺しちゃったんだ。わたし、本当に殺しちゃったんだわ」ウィッシュは、悲しくなった。

ティフィンは、剣《けん》を見て、あっとおどろいた。

「ケンにさわっちゃダメ！」

刃《は》に、緑色のものがつき、そこからけむりが立ちのぼっている。その緑色のものが、剣先《けんさき》でしずくとなり、ふるふるとふるえたかと思うと、スローモーションのようにゆっくりと……

……ウィッシュの手に落ちていった。

そのとき、スクイジュースが、さっと飛びこんだ。緑色のしずくとウィッシュの手の間に。

「あぶない、ウィッシュ！　あぶない！」スクイジュースは、自分の手にしずくが落ちると、悲鳴を上げた。さけびながら宙《ちゅう》を飛びまわり、しずくをふりおとそうと手をけんめいにふる。

ウィッシュは、スクイジュースをつかまえて、落ちつかせてあげたかった。

ティフィンが、くるったようにどなりつづける。

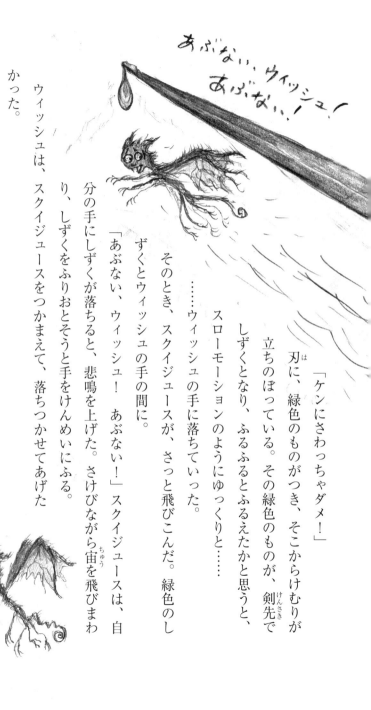

「さわっちゃダメ！　さわっちゃダメ！」

一方、ガラスの天井《てんじょう》の亀裂《きれつ》はますます広がった。

「あぶない！」ウィッシュがさけぶ。

スノーキャットと妖精《ようせい》たちは、部屋の隅《すみ》に転がるようににげた。

間一髪《かんいっぱつ》。

天井《てんじょう》はこなごなにくだけ、魔法《まほう》のかけらがふりそそいだ。同時に、その上にたまっていたつめたい雨水が、滝《たき》のようにベッドに落ちた。雨水とともに、黒いかたまりも、下へ、下へ、下へ落ちると、床《ゆか》をあざやかな緑色にこがして、さらに下へとめりこんだ。ザーの部屋の真ん中に、クレーターのような大きな穴《あな》ができた。

深さ二メートルのクレーターの底には、黒魔《くろま》の死体が横たわっていた。

「死んでると思う」ウィッシュが、ブルブルとふるえながら、穴《あな》のはしから下をのぞきこむ。「少なくとも、動いてはいない。スクイジュース、だいじょうぶ？」

「だいじょうぶじゃないじょー。クロマホウに、やられちゃったよー。ものすごーくトッテモめちゃくちゃワルイまほうだよー」スクイジュースは、手をはげしくふった。そうつぶやいている間にも、手から腕《うで》、胸《むね》から頭へと、体が緑色にそまっていく。そして、全身が小枝《こえだ》のようにこわばり、ガタガタとふるえたかと思うと、小石のようにストンと床《ゆか》に落ちた。

この章のはじめにいったとおり、ザーの部屋では、おそろしい事件《じけん》が起きていたのだ。それはそれは、おそろしい事件《じけん》が。

たった十五分の間でも、いろいろなことが起きるものなのだ。

11 黒魔《くろま》

ザーは、大魔法使《だいまほうつか》いエンカンゾ王が魔法《まほう》で開《あ》けたドアから自分の部屋へ、ヘビのくさりに放りこまれた。カリバーンがパタパタとあとを追って中に入ると、ドアはひとりでにバタンとしまった。

ザーは、はじめ、異変《いへん》に気づかなかった。

たった十五分前に出ていった部屋だ。その間に変わると思うほうがおかしい。それに、ザーは、とじたドアに向かって、知っているかぎりの悪態《あくたい》を次々とはきすてたり、ドアをけっとばしたりするのにいそがしかった。だから、部屋がめちゃくちゃになっているのにも、はりつめた静けさが広がっているのにも、気づかなかったのだ。

「ザー、これはこまったぞ」カリバーンがいった。

「ほんと、こまったもんだ！」ザーは、ほえた。「父《とう》さんも兄《にい》さんも、おれのすごさを、ちっともわかってないんだから！　だれも、わかってくれないんだ！」

「それよりも、もっとこまったことじゃ」

ザーは、ふりかえると、口をぽかんと開《あ》けた。

ウィッシュが、魔法《まほう》の剣《けん》を手に立ちつくしている。

「おまえがとったのか！　どろぼう戦士め！　あとちょっとで兄《にい》さんに勝てるところだったのに、じゃましやがって！　油断《ゆだん》ならないやつだ。どうやって、とったんだ？」

ザーが怒《いか》りにまかせて剣《けん》をうばいかえそうとすると、妖精《ようせい》たちはいっせいに金切り声を上げた。

「剣《けん》にサワルナ！」

ようやく、ザーは、部屋のようすがおかしいことに気づいた。

もちろん、ちらかっているのは、いつもと変わらない。だが、真ん中にあるはずのベッドがなく、代わりに深さ二メートルほどの大きな穴《あな》があいていた。その両わきで、ウィッシュとボドキンがしおたれている。

「おれの部屋に何をした？？？　たった十五分の間に、なんでこんなことになったんだ？」

ボドキンは、穴《あな》の底を指さした。

「黒魔《くろま》におそわれたんです。殺しましたけど」

「おいおい、もじゃもじゃひげの緑の怪物《かいぶつ》も目を回すようなことをいうな。黒魔《くろま》なもんか。アクマノトイキが、自分の血をとりかえしにきたんだろ」

「これを見てくださいよ」

ザーは、穴《あな》を見下ろした。底に、黒い大きなものが横たわっている。それは、腕《うで》の代わりに長いつばさを持ち、くちばしのような鼻をしていた。ぴくりとも動かないが、邪《じゃ》悪《あく》な気がけむりのように立ちのぼっている。

ザーは、思わずあとずさりした。

黒魔《くろま》だ。

こうして、ザーは、はじめて黒魔《くろま》を見たのだった。

こりゃ、モンクタレ・アクマノトイキも腰《こし》をぬかすぞ……。父《とう》さんは、黒魔法《くろまほう》について、なんていってたっけ？

現実《げんじつ》は、想像《そうぞう》どおりにはいかないものだ。ザーは、それをついさっき経験《けいけん》した。エンカンゾ王なら、黒魔《くろま》や黒魔法《くろまほう》に対しても、広い心で応《おう》じてくれると思っていたのに。それなのに、ザーの大切な動物や妖精《ようせい》をとりあげるなどとおどしたりして。

「善《よ》きふるまい……。父《とう》さんに『善《よ》きふるまいを心がけよ』といわれたばかりだ。これは、善《よ》きふるまい……じゃないよな。っていうか、いきなり部屋のど真ん中に、巨大《きょだい》なクレーターがあらわれて、そこに黒魔《くろま》がいるんだぞ」ザーは、パニックになって腕《うで》をふりまわした。「これ、どうしたらいいんだ？　早く部屋から出さないと！　あと一回でも悪いことをしたら追放だ、と父《とう》さんにいわれたばっかなのに。これは、悪いこと五十回分に当たるんじゃないか？」

「さわっちゃダメ！　近づくのもダメ！」ティフィンとアリエルが、ザーを引きとめる。

「じゃあ、どうやって部屋から出すんだよ！　そうか、何かでおおいかくせばいいのか。けど、何で？」ザーは、わらにもすがる思いで、床《ゆか》に落ちている落ち葉を穴《あな》にけりおとしたが、雪を手ですくって、火山にかけるようなものだった。

「あの……それだけじゃないの」ウィッシュは、つばをごくりと飲みこむと、魔法《まほう》の剣《けん》を床《ゆか》に置き、もう片方《かたほう》の手に持っていた布《ぬの》の包みを開いた。中から、スクイジュースがあらわれる。その体は、伝染病《でんせんびょう》にかかったかのようにガタガタとふるえていた。

それはちょうど、事態《じたい》はこれ以上悪くなるはずはない、とザーが思った矢先だった。

「スクイジュースに何があった？」

「黒魔《くろま》の血が、かかってしまったの。ザー、本当にごめんなさい」

「それって、まずいのか？　どういう意味だよ？　だいじょうぶなのか？」

スクイジュースの体はヒスイのような緑色になり、つばさは見えない手でにぎりつぶされたかのようにくしゃくしゃだった。ときおり、ふるえが止まり、瞬間冷凍《しゅんかんれいとう》されたようにこわばるが、またはげしくふるえだす。

「おいら、ヒメさま、まもったじょー！　おいら、だいじょーぶ。おいら、だいじょーぶ」

だが、スクイジュースの目は、こわくてたまらないとうったえている。

カリバーンが、暗い声でいった。

「ザー、妖精《ようせい》は、おまえよりずっと体が小さい。したがって、黒魔《くろま》の血のおよぼす作用も強いはずじゃ。おまえのせいで、この妖精《ようせい》は、とんでもない目にあってしまった」

「こいつを父《とう》さんのところへつれていく。父《とう》さんなら、なんとかしてくれる」ザーは、真《ま》っ青《さお》なくちびるをふるわせていった。

「たとえお父上であっても、スクイジュースはすくえん」

ザーは、きびしい現実《げんじつ》に向きあわなければならなかった。

「まもなく、この妖精《ようせい》は、息絶《いきた》えるか、意識不明《いしきふめい》の状態《じょうたい》におちいるはずじゃ。目をさますことがあっても、そのときは、闇《やみ》の世界の手先となり、黒魔《くろま》を主人とするじゃろう」

おそろしい沈黙《ちんもく》。

「つまり、おまえの手についたその緑の傷《きず》も、黒魔《くろま》の血だとはっきりしたわけじゃ。ザー、まことにざんねんだ。警告《けいこく》はしたはずじゃが。急《せ》いてもとめたがゆえに、好ましくない魔力《まりょく》を得てしまったのじゃ……」

ザーは、てのひらを見つめた。真ん中に、明るい緑色の傷《きず》。巨大《きょだい》なクレーターに落ちた黒魔《くろま》をかくせないのと同じように、この傷《きず》も、どうやったってかくせそうにない。服でこすってみたが、もちろんとれなかった。

「けど、黒魔《くろま》の魔力《まりょく》をもってしても、おれはいまだに魔法《まほう》が使えないときた……」ザーが、ぽつりという。

「そのてのひらの緑のものが黒魔《くろま》の血だと、お父上にうちあけてはどうじゃ？　矯正施設《きょうせいしせつ》に送りこまれるだろうが、心がまだ黒魔法《くろまほう》におかされていなければ、闇《やみ》の世界へ落ちずにすむかもしれん。むろん、お父上は、おまえを魔法族《まほうぞく》から追放せざるをえなくなるじゃろうが」

「いやだ！　そんなのいやだ！」とザー。

「だが、お父上にどうしろというのじゃ？　ほかの魔法使《まほうつか》いたちは、おまえが黒魔力《くろまりょく》を得ようとしただけで追放をせまったんじゃぞ。そして、おまえはじっさいに、黒魔力《くろまりょく》を得た。禁《きん》じられたダークウッズへ行き、禁《きん》じられた鉄を基地《きち》に持ちこみ、禁《きん》じられた黒魔力《くろまりょく》を手に入れ、禁《きん》じられた黒魔《くろま》をわしらのもとにおびきよせたのじゃ」

「そんな！」

「大魔法使《だいまほうつか》いのエンカンゾ王でさえ、時間はまきもどせん。だれにもできぬ。不可能《ふかのう》なのじゃ」

「けど、不可能《ふかのう》を可能《かのう》にするのが魔法《まほう》だろ?」

長い沈黙《ちんもく》。

「とりかえしのつくものと、つかないものがあるんじゃ」

《おのれの欲《ほっ》するところを人にほどこせ。さもなくば、おのれの欲《ほっ》するところは満たされぬ》とは、よくいったものだ。自分のことしか考えなかった結果がこれだ。

「このバカ戦士たちめ!」ザーは、怒《いか》りくるった。「それもこれも、おまえたちが悪いんだ! この剣《けん》がここにあるのも、この黒魔《くろま》がここにいるのも、おまえたちのせいだぞ。こんなことになるなら、スクイジュースを部屋にのこしていくんじゃなかった」

ウィッシュとボドキンが、ザーから目をそむける。ぜったいに泣かない少年が、泣いていたからだ。

ザーは、心の奥底《おくそこ》で、ウィッシュとボドキンをせめるべきではないとわかっていた。うしろめたい気持ちが、重く心にのしかかる。これはすべて、自分のせいだ。スクイジュースは、おれを信じてくれたのに。スクイジュースをすくえなかったら、一生自分をゆるせないだろう。

「スクイジュース、ごめんよ。まさか、こんなことになるなんて……。ぜったい、なおしてやるからな」ザーは、うなだれた。

「ごしゅじんサマ、タヨリにしてるじょー」スクイジュースが、緑色になったくちびるをブルブルふるわせ、信じきった目で主人を見つめる。「ザーは、おいらのリーダー。だから、たすけてくれる。コブンたすけるの、リーダーのヤクメ」

ザーは、ベストの前ポケットにスクイジュースをそっと入れると、腕《うで》に顔をうずめた。

「魔力《まりょく》なんか、ほしがらなきゃよかった。スクイジュースがまた元気になるなら、すべてをあきらめてもいい。そもそも、黒魔《くろま》のワナなんか、しかけるんじゃなかったんだ。そんなことしなければ……」

だが、どれだけザーが後悔《こうかい》しても、時はまきもどせない。

ザーには、いましめが必要だと、だれもが思っていた。しかし、これは、あまりにもきびしすぎる。静かに泣きくずれる、ザーらしくない姿《すがた》は、見ていられなかった。ふだんは、つったっている髪《かみ》の毛《け》も、だらりとたれている。

ウィッシュは、泣きつづけるザーの背中《せなか》を、やさしくなでた。子分の動物や妖精《ようせい》たちは、主人が泣いているのに気づかないふりをした。

「おれは、泣いてないぞ！　泣いてるなんていうやつは、ぶっ殺してやる！」ときおりザーがどなると、妖精《ようせい》たちは、わざとこわがってみせた。

下のホールから聞こえていた音楽がふいにやみ、にわかにさわがしくなった。

ザーが、はっと顔を上げる。

ティフィンがささやいた。

「どうやら、基地《きち》のバリアに穴《あな》がアイタことに、ダレカ気づいたみたいね。エンカンゾ王の耳にトドクのも、時間のモンダイよ……」

ザーとウィッシュとボドキンは顔を見合わせ、それから、部屋の真ん中にあいた黒魔《くろま》の死体入りのクレーターを見つめた。

「ザー、あんたのシワザだと思われるわよ。きっと、ミンナ、ここにクルわ。この部屋に」

まずい。まちがいなく、まずい。ひじょうにまずい状況《じょうきょう》だ。

ウィッシュは、ザーを見た。今にも息絶《いきた》えそうなスクイジュースのせいで、いつもの生意気《なまいき》な表情《ひょうじょう》は影《かげ》をひそめ、罪悪感《ざいあくかん》におしつぶされそうな顔をしている。ウィッシュは、ザーが、敵《てき》であることも、魔法《まほう》の剣《けん》をぬすんだことも、自分を部屋にとじこめたこともわすれ、手をのばしてその肩《かた》にふれた。

「そんなに落ちこまないで。まだ、おそくないわ。いつだって、おそくないのよ。スクイジュースをすくう方法を思いついたの」

ボドキンは、いやな予感がした。

「どんな？」とザー。

「お母《かあ》さまの地下牢《ちかろう》に魔力《まりょく》を吸《す》いとるマジックストーンという岩がある、っていったのをおぼえているかしら？　いっしょに戦士族の要塞《ようさい》に行って、地下牢《ちかろう》にしのびこみ、スクイジュースをマジックストーンにふれさせましょうよ。岩が黒魔《くろま》の魔力《まりょく》を吸《す》いとってくれるから、助かるはずよ」

「うまくいくか?」ザーが、はやる思いでカリバーンにきく。

「いく……いかぬ……わからん。りくつでは、その岩は魔力《まりょく》を吸《す》いとるんじゃから、うまくいくはず。じゃが、その方法は、えらく危険《きけん》だという気がしてならん」

「そりゃ、ふつうの状況《じょうきょう》だったら、魔法《まほう》を持つものがマジックストーンにさわるのは、めちゃめちゃ危険《きけん》だ。けど、おれたちが、その岩にさわりたい理由は、ひとつだけじゃない。おれも、このてのひらについた黒魔《くろま》の血を吸《す》いとってもらえる。だいたい、この血は、なんの役にも立ってないし、父《とう》さんに知られたら、それこそたいへんなことになる」

「それにね、わたし、クラッシャーが心配なの……」ウィッシュが、考えこんだようすでいった。「まだ基地《きち》にもどってきていないでしょう? もしかしたら、お母《かあ》さまの家来たちに、つかまっちゃったのかもしれないわ」

「ほんとか?」自分のことしか考えないザーは、今の今まで、クラッシャーのことをすっかりわすれていたのだが、ウィッシュにそういわれて、とつぜん不安になった。「つまり、おれのせいで、クラッシャーまで危険《きけん》にさらされてるってわけか? まったく……なんて

一日だ」

また、みるみるしょげるザーを見て、ウィッシュはあわててつけたした。

「地下牢《ちかろう》にしのびこんだときにクラッシャーを見つけたら、助けだしましょうよ」

「そりゃ、すばらしい考えだ！　一度で、全部解決《かいけつ》できるぞ。へんちくりんな戦士にしては、たいしたもんだ。で、何をぐずぐずしてんだ？　行くぞ！」

「ちょっと、お待ちを！」ボドキンは、うろたえた。「姫《ひめ》さま、それは、まったくもって、すばらしい考えではございません！　ぼくは、断固《だんこ》反対です！　この頭のおかしい魔法使《まほうつか》いを、我《われ》らの要塞《ようさい》につれていくなんて！」

「わしもボドキンに同意せざるをえん」とカリバーン。「サイコラクス女王に見つかれば、ザーは、永遠《えいえん》に地下牢《ちかろう》にとじこめられるじゃろう。そして、いうまでもないが、子分の妖精《ようせい》たちは、魔法《まほう》を吸《す》いとられ——」

「お母《かあ》さまは、そこまでひどくないわ！　すてきな人よ！」

「ごっほん。すてきかどうかはともかく、おっかないのはたしかです」ボドキンは、暗い声でいった。「そう、おっかないのが、女王さまです。まったく、おっかない母親ですよ」

「それも仕事のうちなんだから、しょうがないじゃない」

「ええ、ですから、すばらしい仕事ぶりといえましょう」ボドキンが、ブルッとふるえる。

「どうせお母《かあ》さまの剣《けん》をもどしに、地下牢《ちかろう》へしのびこまなくてはならないのよ。それに、かわいそうなスクイジュースを、このまま死なせるわけにはいかないでしょう？　わたしたちにも責任《せきにん》があるんだから。この子は、わたしたちの味方をしてくれたのよ……それなのに、見てよ！」

ザーのベストの前ポケットの中で、小さなモジャモジャの精《せい》のこわばった体が、痛《いた》みと恐怖《きょうふ》にガタガタとふるえているのがわかる。それを見たボドキンの心がゆれているのを、ザーは見のがさなかった。

「苦しいだろうに。意識不明《いしきふめい》にでもなったら……。こいつは、秋風にしなる木の枝《えだ》の間を飛びながらおどったり、サヨナキドリに合わせて歌をうたうのが大好きなんだ。それなのに、足はくさりにしばられたみたいに動かなくなり、のどはかたくなって声が出なくなるなんて」

「やめてください！」ボドキンは、両耳をふさいだ。

「それに、いくら、ザーがうぬぼれ屋で自己中心的《じこちゅうしんてき》で、感じが悪いからって……」とウイッシュ。

「おう、いってくれるじゃないか」ザーが、開きなおったようにいう。

「……追放されるのは、かわいそうだわ。ちょっと失敗しちゃっただけじゃない。もう一度チャンスがあってもいいと思わない？　だれでも、チャンスは二度あたえられるべきよ」

ボドキンは、ため息をついた。

「わかりましたよ。無鉄砲《むてっぽう》な考えだとは思いますが……承知《しょうち》いたしました、協力しましょう。しかし、姫《ひめ》さま、約束していただきたいことがあります。すべてが終わったら、ふつうのお姫《ひめ》さまになってくださいよ」

「約束するわ」

三人は、握手《あくしゅ》を交《か》わした。

「魔法使《まほうつか》いと戦士が手を組むなんて、ウソみたいだな」ザーが、自分でもおどろいたようにいう。

話し声や足音が、少しずつ近づいてきた。

「よーし」ザーは、明るくいった。「オオカミとクマは、ここにのこれ。カリバーン、スノーキャット、それから妖精《ようせい》たちは、ついてこい。といっても、時間がないから、ドアで行くぞ。ティフィン、魔法《まほう》をたのむ！」

「マッタクどうしていつもあたしがナンデモやらなくちゃイケナイのカシラ？」ティフィンは、ぶつぶついいながら杖筒《つえづつ》から六号の杖《つえ》をとりだすと、ザーの部屋のドアに向かって呪文《じゅもん》をとなえた。

「ドアで行くとは、どういう意味でしょう?」ボドキンが、不安そうにつぶやく。するとその質問《しつもん》に答えるかのように、ドアがギギギィーッと音を立てて身をよじり、ちょうつがいをはずして戸枠《とわく》から飛びだし、トコトコと部屋の真ん中まで歩いてくると、バタンとたおれた。そして、ほこりがまう中、ふわりと宙《ちゅう》にうかんだ。

ザーが、ドアに飛びのる。

「ほら、行くぞ。早く乗れ!」

「ごじょうだんを……」ボドキンは、首をぶるんぶるんと横にふった。「スノーキャットに乗るのさえいやだったぼくに、空飛ぶじゅうたんならぬ、空飛ぶドアに乗れ、というんですか?」

ザーは、ウィッシュを引っぱりあげた。

「かんぺきに安全だ。まっ、たぶんな。スノーキャットは、だれも乗せないほうが、速く走れるだろ。ほら、行くぞ!」

「早く乗って、ボドキン!」ウィッシュは、目をかがやかせている。

スノーキャットは、すでに外に飛びだし、はしごをかけおりていたから、乗ろうと思ってもうおそい。

魔法《まほう》のスプーンでさえ、ザーとウィッシュの間に、はりきって飛びこむと、ボドキンを一心に見つめた。ボドキンなら、よろこんでドアに乗ってくれると信じている目で。

ああ、ぼくは、乗らなくちゃ。スプーンに負けるわけにはいかないもの。ええい、乗っちゃえ！

ボドキンは、ザーとウィッシュにつづいて、ドアに乗った。それは、ぼろぼろだった。「ザーの部屋のドア」というきびしい人生を送ってきたせいで、あちこちに穴《あな》やひびがある。

「魔法《まほう》がかかっているんですから、こわれませんよね。こわれない、こわれない、こわれない」ボドキンは、自分にいいきかせた。

ザーが、鍵《かぎ》を鍵穴《かぎあな》につきさし、思いきり右に回す。次の瞬間《しゅんかん》、ドアは急激《きゅうげき》にかたむき、猛《もう》スピードで木の塔《とう》の上から夜空へとまいあがった。

ボドキンは、あわててドアのへりをつかんだ。最初の五分は、目を開《あ》ける勇気さえ出なかった。風を切って飛ぶドアにふりおとされまいとしがみつき、ああ、気絶《きぜつ》しませんように、胃の中のものをもどしませんようにと、いのる。木々の間を猛《もう》スピードでジグザグにぬけていく。しばらくして、目を開《あ》けてみたものの、すぐに後悔《こうかい》した。ドアにあいた穴《あな》から、走っているスノーキャットや、光をたなびかせて飛んでいる妖精《ようせい》が、はるか下に見えた。ボドキンは、思わずうめき声を上げた。

一方、ウィッシュは、目をきらきらとかがやかせていた。楽しくてたまらない。ドアが急降下《きゅうこうか》するたびに、ザーと声を合わせて「ヤッホー」とさけぶ。

少しむちゃするところはあったが、ザーの空飛ぶドアの運転技術《ぎじゅつ》は、名人級だった。ザーが鍵穴《かぎあな》にささっている鍵《かぎ》を機敏《きびん》に左右上下に動かすたび、ドアはハヤブサのごとく、右に曲がったり左に曲がったり、まいあがったりまいおりたりするのだった。

「いつか、ぶつかりますよ……いつか、ぶつかります」とボドキン。

「ぶつかるもんですか！」ウィッシュは、顔じゅうを笑顔《えがお》にしていった。「まるで鳥になったみたい！　この調子なら、日の出前に家《うち》にもどれるわ。スクイジュースを助け、クラッシャーを自由にして、ザーの黒魔《くろま》の魔法《まほう》をとりのぞきましょう」

「その前に、木に激突《げきとつ》ですよ。万が一、あのおっそろしい地下牢《ちかろう》にしのびこめたとしても、おっそろしい女王さまに見つかって……ああ、その先は、考えたくもありません」あまりのこわさに、ボドキンの歯がガチガチと鳴る。

「それなら、考えるのはやめましょう」とウィッシュ。「うまくいくかもしれないしね。木に激突《げきとつ》だってしてないじゃない。心を落ちつかせて、この瞬間《しゅんかん》を楽しむの。ドアに乗って空を飛ぶなんて、そうそうできる体験じゃないわ。流れに身をまかせましょうよ」

じっさい、心を落ちつかせ、おんぼろドアの動きに身をまかせてみると、ボドキンは、ふたりと同じように、「ヤッホー」という声が自然に出た。三人は、木々の間をときには優雅《ゆうが》に、ときにはひやひやしながら、夜風に髪《かみ》の毛《け》をたなびかせて進んでいった。

ボドキンの父親がこれを見たら、目を回した（そして顔をしかめた）にちがいない。これが、冒険《ぼうけん》のこまったところだ。人の意外な一面を引きだすことがあるのが、冒険《ぼうけん》というものなのだ。

まいつづける羽根に、
ついていかなければならない。
前にも言ったが、
マジックウッズは
とても危《き》険《けん》なのだ！…

下《げ》巻《かん》へつづく…

【訳者紹介】

相良倫子（さがら　みちこ）

国際基督教大学教養学部卒業。

小学校3年～高校卒業までの10年間をフィリピンのマニラで過ごす。

訳書に「ヒックとドラゴン」シリーズ、『11号室のひみつ』（共に小峰書店）、「オリガミ・ヨーダの事件簿」シリーズ（徳間書店）、『目で見る経済：「お金」のしくみと使い方』（さ・え・ら書房）など。

陶浪亜希（すなみ　あき）

上智大学文学部卒業。

幼少期をアメリカ、中高生時代をドイツで過ごす。

訳書に「ヒックとドラゴン」シリーズ、『アンガスとセイディー』（共に小峰書店）など。

趣味は映画鑑賞とランニング。


【描き文字】

伊藤由紀葉（いとう　ゆきは）

マジックウッズ戦記 1
闇の魔法（上）

2018年11月 9 日　第1刷発行
2019年 5 月30日　第2刷発行

作者　クレシッダ・コーウェル
訳者　相良倫子・陶浪亜希
ブックデザイン　アンシークデザイン

発行者　小峰広一郎
発行所　株式会社小峰書店
〒162-0066　東京都新宿区市谷台町4-15
TEL 03-3357-3521　FAX 03-3357-1027　https://www.komineshoten.co.jp/
組版・印刷　株式会社三秀舎
製本　小高製本工業株式会社

ISBN978-4-338-32401-4　NDC933　245P　19 × 13cm